我的世界

决战！打开决斗之门！

[美] 积木男孩／著　潘旬旬／译

Max

中信出版集团 · 北京

图书在版编目（CIP）数据

我的世界. 决战！打开决斗之门！ / (美) 积木男孩著；潘句句译. -- 北京：中信出版社, 2018.5（2018.8重印）
ISBN 978-7-5086-6689-1

Ⅰ. ①我… Ⅱ. ①积… ②潘… Ⅲ. ①儿童小说－长篇小说－美国－现代 Ⅳ. ①I712.84

中国版本图书馆CIP数据核字(2017)第262364号

我的世界 · 决战！打开决斗之门！

著　　者：［美］积木男孩
译　　者：潘句句
出版发行：中信出版集团股份有限公司
（北京市朝阳区惠新东街甲4号富盛大厦2座　邮编 100029）
承 印 者：北京尚唐印刷包装有限公司

开　　本：889mm×1194mm　1/32　　印　　张：7.5　　字　　数：106千字
版　　次：2018年5月第1版　　印　　次：2018年8月第2次印刷
京权图字：01-2017-3490　　广告经营许可证：京朝工商广字第8087号
书　　号：ISBN 978-7-5086-6689-1
定　　价：39.00 元

服务热线：400-600-8099
投稿邮箱：author@citicpub.com

献给本套书的出版人洛拉·萨利内斯，她于 2015 年 10 月 13 日在巴黎的恐怖袭击中不幸遇难。感谢您对我的信任。

积木男孩

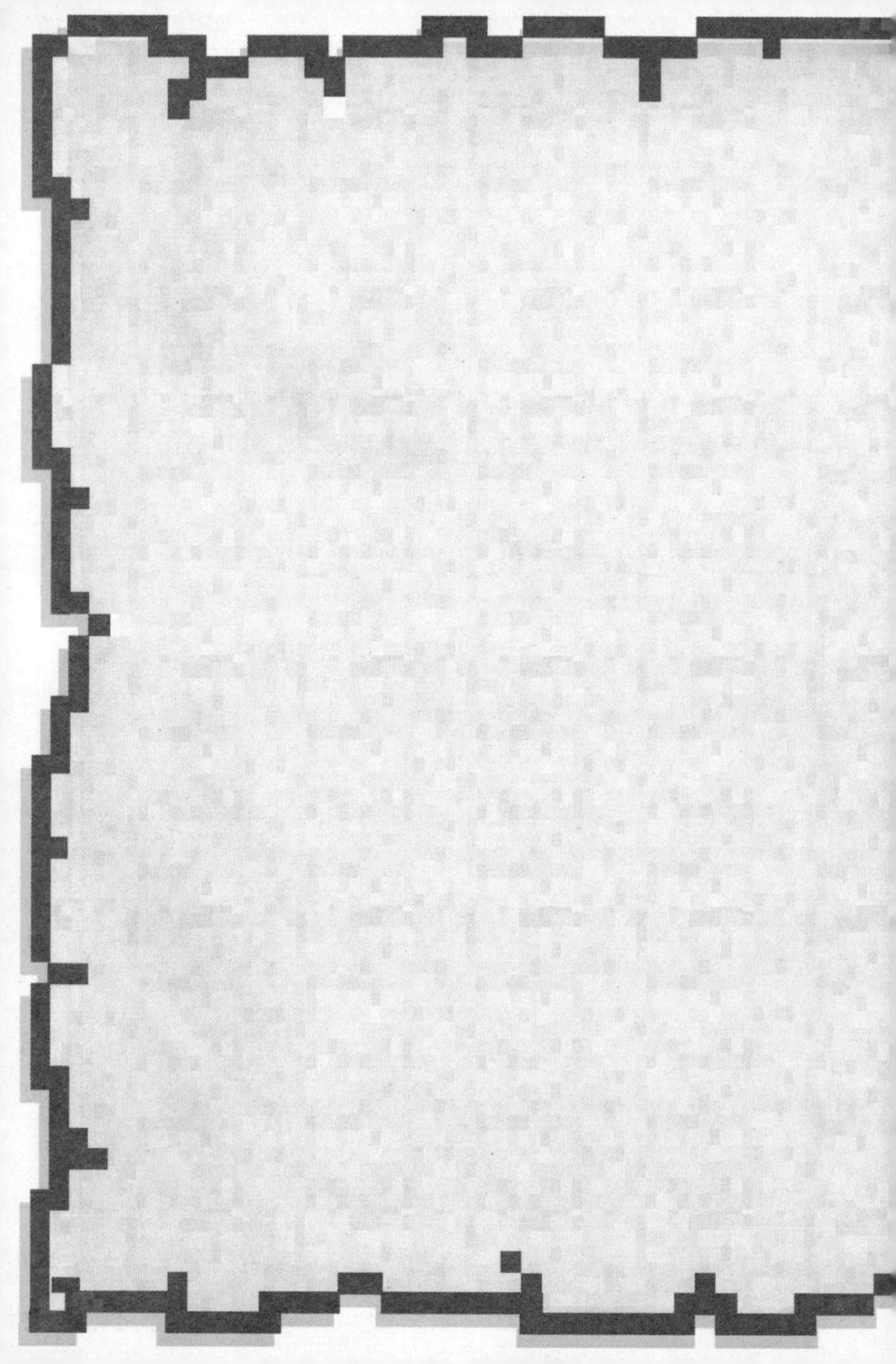

这就是第 4 册了!!!

要是你没读过其他的，你就会像这样：

O.o

甚至这样：

O_O

我还为你做了这个：

<’_”

这是小鸡高兴的样子。

星期六

我的脑袋让我觉得自己像是下界中的一块水方块。这一秒在这儿，下一秒在那儿……然后就消失了，噗，在一团烟雾中飞升了。

我们已经知道，排名前五的学生将成为队长，也就是说，他们能够指挥自己的战斗团体。而且，就好像还嫌这不够似的，皮尔斯还补充了一句——我们将会……去攻击……埃洛布雷因的城堡……怎么个攻击法呢？我真的一无所知。

所有人都惊呆了！沉默中有人开始嘟囔，声音颤抖着，问题问题……全都是问题。最常听到的就是："村长先生……这是真的吗？"

村长一个人站在讲坛上，又叹息了一声。

"是的，这是真的。总之……我们都想过了。现在，请大家安静 5 秒钟……"

但他没有这样的权力。
半点都没有。这简直是疯了。
现场一片混乱。

所有人都在同一时刻喊叫起来，冲上讲台，向村长提出一堆一堆的问题……

接着，一个老家伙实在是气过头了，开始抬头冲着天上用尽全身气力喊叫。*（他这是什么毛病？）*

绿丽说得很准*（虽然在吵吵闹闹中我听得很费劲）*：“呃……我没听错吧？我可不想专门扫大家的兴，不过，这个消息简直超级糟糕！皮尔斯肯定是在说另一个埃洛布雷因，而不是那个能像箭矢发射器一样发射闪电的人，一个响指就能把人变成兔子，控制着一整支怪物军队的人。”

“对，他们不是认真的……”麦克斯说，“按照埃洛布雷因的为人，他的城堡肯定是没有门的！更何况，你们有关于他的藏身之处的任何消息吗？我可是没有半点发现，即使我查了那么多天。话说回来，你准备好明天帮我复习了吗？”

然后，他用胳膊肘顶了我一下。阿莉兹只说了一句话，和平常一样：

“当时在我的村庄也是这个样子。”

奇怪的是，马斯托克倒是挺满意的：“这也就是说，我可以放弃比赛了！我才不在意做不做队长，只要我可以和你一起杀僵尸就行！”

科尔伯特倒是挺高兴的。

“你们不需要队长！‘钻石之道’，为什么不是‘砍杀僵尸之道’呢？因为，从地球圈来的科尔伯特，在他去往埃洛布雷因城堡的道路上，将留下一路尸体！”

有几个人类神色古怪地看着他。

“地球圈？”

“怎么了？”他耸耸肩说道，“他们这里就是这么称呼地球的。真是一帮小白蛋子！”

（他说的对。我用的是“地球”这个词，不过这是因为史蒂夫正好教过我。）

那么，要是我做不成队长呢？如果真是这样，好吧……从我的运气来看，我将会听命于皮埃尔！无论他下什么命令，我都要遵守。我连想都不愿意想。

我还以为自己以前的日子已经算是很艰难了呢……

永别了……

人群的吵闹声越来越大，一些让所有人都意外的事发生了。史蒂夫出现了，旁边还有迈克。这也没什么太了不起的，只不过……他们都骑在马背上。

我已经有好几天没和他们说过话了。最近有消息说，他们正在忙于红石山的工作。

看到他们，所有人都安静了。史蒂夫开始讲话。

“请允许我说两句。你们应该派一些信使到别的村庄去。如果你们真的在安排一次攻击，那么你们必定需要来自各方的帮助。”

村长点点头，看着脚下，好像在思考……接着他再次点头。

“这是一个非常好的计划。不过，埃洛布雷因的军队到处都是。这是一次时间非常长的旅行……而且，即使骑着马也非常危险。”

“您不必替我们担心，”迈克说，“正是因为你们，我们才没有放弃。”

村长再一次点头。

“说的没错。而且我觉得这也永远不会发生。非常好。你们想要个向导帮助你们吗？”

“我们能行，”史蒂夫拿出一张地图和一个指南针说，“交给我们吧。”

史蒂夫既是一位导师，又像是我的爷爷。他这就要离开了。或许他觉得这里的生活太让人失望了，早就想离开了。不过，当他向我们走近时，他的方形眼睛中充满了希望。

“我也不太知道自己发生了什么事，米牛。每天我醒来时，都期望着这一切不过是一场梦。但我知道不是这样的。我们在这里，肯定是有原因的。

“我们要提供帮助。”

“可是，村庄需要你们！”我说，“人类比村民更有想象力。”

他摇摇头。

“你或许还没意识到，不过，你的天分不比我们低，你也能找到保卫村庄的方法。”

“吁呵呵呵嗯嗯……”

“这不是我们离开的唯一原因，”迈克说，“其他村民或许需要别的制作方法。也就是说，我们会带着新的玩具回来。”

“玩具？你想说的是用具吧？你会给我几个的，是吗？”

“呃……好吧。当然。”

“你保证？”

“超级保证。”

“吁呵呵呵。好吧。成交。”

就这样，我的另一个世界的朋友们走了。他们教会了我们如何对抗怪物。没有他们，我们或许会遭受和其他村庄一样的命运。我能想象我们的村庄周围的荒野。平原、森林和山丘，一望无际。我们剩余的文明散落各处。

他们要花一段时间穿越这些地区。但这些都不重要了。他们做出了自己的选择。要是在两个月前，我肯定会对这件事犹犹豫豫。我会很生气，而且会很伤心……不过，你面前的米牛是一个全新的米牛，很快他就是一位队长了。总之……我是这么期望的。我总不能将我的时间都用来苦苦等待、哭哭啼啼的吧。他们尽管去冒险好了，我不在意。米牛队正打算找个超级酷的地方歇歇脚呢。

跳水!!!

这是阿莉兹人生中的第一次，

看起来她似乎非常享受。

庆典之后，我们都去了游泳池。怪物们不会那么快回来，而且我们也真的太需要放松了。工人们将这个泳池建在了地下。以前，这是矿工们挖出来的一个大洞，它最吸引人的地方，主要在于泳池的热水，因为在泳池的底下有一层岩浆。如果我没理解错的话，在泳池里玩耍丝毫不会降低泳池的温度，除非发生下雪或结冰这一类的事。但真实的世界可没那么温柔。

要相信，那些在冻土带上睡过一晚的人，转眼就能造出一座熔炉来。

我们穿上泳装，都跳入了水中。我们就最喜欢的游戏达成了一致：爬行者的报复。怎么玩呢？当几个“爬行者”跳水时，一只“猫”要躲开他们溅起的水花，一遍又一遍。你肯定会想我们要怎么分配角色，很简单，当有人喊“开始！”时，最后一个说“嘣”的人就要做第一只“猫”。

“开始！”

“嘣！”

“嘣！”

阿莉兹盯着我们看。

“呃……嘣？”

（显然，她从来没玩过这个游戏。）

我们所有人都转向绿丽，她一声不吭。

“你就跟小猫一样。”马斯托克说。

她什么也没有回答。她还站在泳池我们浮着的那一边，用空洞的眼神看着水面。

所以，如果我没弄错的话……阿莉兹很高兴，而绿丽很悲伤。

还有什么呢?！照这个节奏下去，埃洛布雷因就会瞬间转移到我们的村庄，给所有人送牛奶和曲奇了。

我向她游过去。

“有什么不高兴的吗？”

“嗯，我……”她坐了下来，将脚泡在水里，然后重新开口说道，“我想过了……我不能原谅自己。”

“因为什么？”

“因为我逃跑了。这是我第二次逃跑。”

其他三个人也游了过来。

“昨天所有人都那么干了，”阿莉兹说，“我也是。你别在意。”

“是的，可是你们都回去了，”绿丽叹了口气，“这真好笑，不是吗？别的学生都多崇拜我呀……他们觉得我是勇敢的。”

我从水里出来，坐在她的身旁。

“这让我想起一些事。在第二次战斗的时候，和那些僵尸们……为什么你当时逃跑了？”

“呃……因为我害怕？”

“可你带着铁傀儡回来了，不是吗？”

“有点儿太晚了……”

“但你做了该做的事情。在和吁呵咳咳的战斗中，你也去找增援了。你甚至用上了皮尔斯交给你的火箭烟花。”

战斗女英雄挪开了目光。

“然后呢？我服从命令。真棒。你想得出什么结论呢？”

我看着我的朋友们。

“我将会是第一个这么说的……我非常走运。当我被吁呵咳咳追杀时，如果不是那朵蘑菇刚好在那里，谁知道会发生什么呢？我又能做什么呢？如果昨天，骷髅们真的将我团团包围了，又会发生什么呢？”

“我知道你想说什么了，”麦克斯微笑着说，“好战士懂得逃跑的时机。”

我点点头。

“没错。我不能继续这样冒险。哪一天我的运气会用光的。到那时就是你来教我怎么做了。”

“我希望她可以，”阿莉兹笑道，“这样的话，你或许就能来救我了，哪怕就一次。”

幸好，我们的绿丽和她的好心情似乎都回来了。

“我在第一次的战斗中表现也不差，不是吗？我那时连好一点的武器都没有呢！萨拉说她比我要更好，不过她当时有一把魔法弓，事情就简单多了！想想看，要是我有她的家伙！吁呵嗯嗯！”

马斯托克沉重地叹了口气。

“伙计们！我们为什么要讨论这些呢？我们应该休——息。来吧，我们来玩章鱼大战！开始！！！”

“……”

“……”

“……”

“……”

“卟噜卟？”

“……什么？”

“呃……不是这样的吗，章鱼的声音？”

“……”

“你说的是真的吗？”

“我从来没玩过，好吗？”

“而且你也从来没见过章鱼，很明显！因为它们是不说‘咔噜咔’的！”

（章鱼不怎么发出声音，所以，第一个说话的人就要做章鱼……也就是说，现在轮到绿丽了。）

星期六 晚上

从泳池出来后，我们去购物了。哪怕我找到的并不算好剑，我还是换回了三级呼吸魔法，将这魔法施加在我的风帽上。

（这真不错，因为它很可靠。我可不是因为我们有时间去潜水才这么做的。）

下次皮埃尔想让我在井里喝个饱，他就会好好地大吃一惊！我只需要一直游到井底去！我还能有时间看会儿书呢！

在天色全黑下来之前，我陪着阿莉兹一直走到她家。

“这还挺酷的。”她说。

“在战争开始以前，这还会更酷。我希望你能看到。”

“对呀，我也是。我们还会一起回到商店的，不是吗？”

她磨蹭了一会儿，直到她父亲出来。

“周一见！”布里奥说，“我们有新的课程。你会喜欢的。”

“什么课程？”

“等着瞧吧。”他露出一个小小的笑容。

我点点头，对他们招手，向阿莉兹道别，然后我就走远了，走在星空下。

街道上空无一人。这个时刻已经不是那么安全了。即使是在白天。即使在村庄中心附近。到了日落之后就更没什么人留在外面了。到处都是大门紧闭。铁门。在窗户上甚至还有铁条。

不过，我还是撞见了一些人。准确地说，是4个人。虽然用“人”这个词并不能准确地描述他们。

“你不应该这么晚了还待在外面。”皮埃尔说。

“是呀，”鲁森说，“这一带可危险了。”

洛克抓住我一边的肩膀，萨普在另一边。我试过挣扎摆脱，这是当然的，可他们都太强悍了。这也不重要了，我们已经经历过好多次这样的情景了。我说的一些话激怒了皮埃尔，然后他们就将我扔进井里去。这是一个平常无奇的故事。但这来得刚刚好，你不觉得吗？我甚至一天都不用等，就能测试我的改良版风帽了！或许是因为这样，我才没有太过挣扎，我甚至还急着想看看皮埃尔的表情呢。我想象着那个画面：被扔下井后，我就一直游到井底，等几分钟，再浮上水面，告诉他们下面有多酷，多么舒服，多么放松……然后我再潜下去。

这是一个完美的计划，保证能把他气得更加暴跳如雷。

如果他们……将我带到井边去的话……这肯定会很赞的。不过……

这根本就不是一个井，这个！

他们将我带到靠近东边城墙的某个地方。没有人住在这里。

所以，天一黑，这里就没什么人了，或许守卫除外。

我们在仓库前停了下来。准确地说，这是个用泥土方块和石板搭成的库房；这不过是一间小小的房子，只有矿工们会时不时用到。一间毫不重要的小房子，就建在东边城墙的边上。我不知道他们为什么将我带到这里来，也不想知道。我用尽力气想要挣脱，却感觉自己像一只被一条非常非常短的链条套着的兔子。

“我们本该生产一些虚弱药水的。”鲁森说。

皮埃尔将门打开，其他人将我推了进去。

“这次你们打算怎么对付我？让我吃泥土吗？”

“可以这么说。不过，你先要飞起来。”

当他们将我推往仓库的后面时，我突然明白了。

他们将仓库的整个后部都弄走了。因为它是与东边的城

墙相连的，他们就能毫无顾忌地挖掘，没有人会注意到。皮埃尔的父母都是矿工，所以他们肯定阻止了任何工人在今天使用这个仓库。

“你想要怎……我没……”

哪怕要说出这些话，我都得不断挣扎。

当皮埃尔向我转过身来时，他的眼睛就像黑曜石那么黑。

“你是整个村子的危险来源，米牛。你正把我们带向毁灭。我父亲知道。我知道。我们必须到此为止。”

“没错，那你是打算将城墙炸了来帮助所有人，是这样吗？”

“你真的算不上聪明人。今天晚上，我要用一支箭射两

只蝙蝠（一箭双雕）。这样，我就再也不用为你而发愁了。然后嘛……”

我已经知道他要说什么了。这是明摆的。他想要重新拿回他的村庄英雄的名号。星期六我将他的风光都抢走了。就靠这些 TNT（炸药），他会好好照顾我的……还有那些想要猛冲进来的僵尸。

一个名叫米牛的村民，或者说是一段久远的回忆……一个名叫皮埃尔的大恶人将会把一切都收拾干净，然后重新成为英雄。一个救世主。一位领头人。这是一个行得通的计划。

“你真是疯了！”我叫道，尝试着挣扎。

“疯？等我将所有怪物都干掉时，我就会是最好的！我会将它们全都打败！全部！你就看着吧！”

“其实，他什么都不会看到。”洛克说。

皮埃尔哈哈大笑。

“那倒是。可惜，你不会看到我们给村庄带来的任何改变。”

“这可真让人难过，”萨普说，“他冲了进去，把全部东西都炸了，他就变成米牛灰尘消散了！村长先生，我们可是尽力去阻拦他了，不过……”

他们继续笑着。

洛克走到储存 TNT 的地方。

“你们挖的洞足够深了，是吗？”

洞？

什么洞？

“把他的镐收走，”洛克说，“算了，把他所有的工具统统拿走。这个小白可狡猾了。”

鲁森和萨普就把我的镐、我的铁锹、我的两把斧头拿了出来，正当他们打算继续拿的时候……

“你们快点儿！”皮埃尔喊道，“我们还得把这道墙封起来！最后一次检查红石线路！”

酷。我还有曲奇呢。

然后他们将我丢进洞里。

“再见了，小白队长！”皮埃尔喊道，“你不在的时候，我会好好照顾阿莉兹的。”

而且，好像嫌这些还不够，洛克还在洞口处放了一块爆炸方块。

我被禁闭起来了。在地底下 3 个方块的深处。这让我想起曾经在学校挖过的紧急避难处，以防我们在日落之前都还被关在外面，来不及赶回村庄。这一次，我是被石板环绕的，而不是泥土。

我本可以用拳头挖石板，但光是一块石头就要耗费几个小时。而且我听到他们说将墙面封起来了，所以，我的时间应该来不及做这么多事。我要思考，就跟平时那样。

我能从这困境中逃出去吗？从哪里呢？

就算我能把头顶的一块 TNT 方块砸掉，从洞里出来，我也还是被关在围墙里面。这就意味着还有另一层石头方块，要用工具才能挖掉……或者用不合适的工具，比如……一块曲奇?!

箭，南瓜馅饼，绿宝石，指南针，一桶水，一把弓，一个打火石……哎呀，最后这个还是算了吧。看来是没希望了。他们要把我炸了，我还什么都不能做。我应该把我的水桶拿出来，结束这一切……

等等！
一桶水?!

老教师斯纳尔克，他说过什么来着？

一天，他给我们上了整整一堂关于水桶的课。他说，这是带在身上的最好的物件了。这比一把黑曜石剑还要好，比下界的末影龙鳞片盔甲还要好。如果它还装满了水，那这个桶就能将你从许多微妙情景中解救出来：比如，它能将岩浆转化为黑曜石……

减缓摔落……

躲避末影人……

轻易地收获种子……

……

……

还有抵挡一次爆炸引起的伤害！

我从头顶上将水桶倒空。水哗啦啦地流在我身上。我本可能会因此而窒息，但我有新魔法！在爆炸的威力下，墙的一部分掉了下来。

我受了点儿伤。
老实说是……
我昏过去了。

星期六
晚上（续）

水。我醒过来时，正躺在一条小溪中，那是我刚刚弄出来的。当我看到皮埃尔队弄出来的灾害时，我已经什么话都说不出来了。

一个人类正站在围墙受损的部分上俯身往下看。

“呃，村民！你还好吗？”

那是萨米，我和你说过的。

“这是皮埃尔干的！”我喊道，“你知道他去哪里了吗？”

“谁？”

噗。算了吧。我还是不怎么能讲话。

我还是晕头转向的。我爬上“洞口”，这会儿我才意识到爆炸的面积有多么惊人。

更何况，好多火把都因为爆炸而熄灭了，这样一来怪物们就可以在黑暗中出现了。所有这些听起来都不妙。

我沿着水流一直往上走，将我的桶收了起来。水流消失了，小溪也是，留下的就只有一摊泥浆。水桶很酷，这是真的。

不一会儿，音乐方块的警报就响了起来。它放置在村庄中央附近的一幢小塔楼中，大家都能听得清楚，即使是在远处。工人们成功地建造了它，他们已经为此工作好几个星期了。他们甚至换掉了一些方块，以制造出特殊的声响。一些人类说，这就好像一个“哨子”。警报之声过后，我们又听到了雷声。然后，就开始下雨了。一道闪电照亮了仓库余下的部分。在一瞬间我看到了一个身影——是皮埃尔。他在火把的光亮中向前走来，剑已出鞘，斗篷飘起……雨水从他的脸上淌下。

“我就觉得你能脱身，”他说，“我们忘了把你可笑的斗篷取下来了。它真的太强大了。”

我的斗篷？我早就忘得一干二净了。不过话说回来，它总归还是帮了我很多。我拿出我的剑。

“和我一样强大，你想说的是。”

这就开始了。他朝我冲过来。他的剑和我的剑相抵，发出了一声魔法金属的特殊声响。我们就这样相持了一会儿，在摇晃的灯光下，雷声、警报声，还有瓢泼大雨。我们的生命值都在眼前不断减少，但我的生命值比他的减少得更快。我不能和他单打独斗。他太强也太快了。如果我们这样公平决斗……我会输的。

你看，我正在和学校最厉害的学生之一战斗……还充满了疯狂和愤怒。我对自己说，不能再这么迷迷糊糊的了……

不过，我才不在意这些呢。我太生气了。他竟然为了自己的荣誉，拿所有村民的生命来冒险。我应该打倒他。我应该做些什么。我不会逃跑，必须要……

哎呀！我的视野已经出现红色了，而且我还受到了一次剑击。那是一下致命的攻击。我只剩下两颗心的生命了。更糟糕的是，他将我逼到一道墙的边上了。噗，说真的，我早应该找个合适的时机逃跑了……

他的剑又一次砍过来，将我的生命条几乎全都清空了。我甚至连痛都感觉不到了。

干得好，皮埃尔。干得好……

他的剑第二次打在我身上，将我的生命条完全清空了……

“什么?!”

他的剑第三次打过来。好吧，这一次，它就会完全将我的生命条砍得清零了。等等，还是没有。他又砍了一次。好吧，这次真的就是我生命的终结了。真的。等等，不是，等等！它又往上涨了！

“这是在开玩笑吗?！”

一次又一次，他用他的剑砍在我身上，却无法将我的生命条清空。在他新一轮的攻击之前，我就会重新涨回大约三颗心，他的攻击没有任何效果。也就是说……我的生命能够再生?！唯一能让生命如此快速重生的东西就是魔法金苹果。显然，村长给我们发的斗篷也有同样的效果，或者说是某种类似的东西。这真叫人不敢相信。

突然，我对自己有了满满的信心。有了这样的魔法，我是不可能输的。到了战斗的最后，轮到皮埃尔在角落里呻吟了。他只剩下半颗心了。

“你怎么能够三次不断地使用它呢?！这不公平！”

我想对他说：“难道和一只真正的怪物战斗就公平吗？”不过，我只是将我的水桶拿出来，在他的眼前摇晃它。

“啊！原来是这么回事儿……”他说着，将目光移开。我将水桶扔到他的脚下。

“你在对抗怪物课上应该更留心点儿才对，小白蛋子。”

“好了，好了，你行了吧。来吧，了断我吧。这是我应得的。更何况，我做了这些事儿，也不想再面对我父亲了……"

"既然我连了断一只小史莱姆都不可能，你真的觉得现在我就可以做到了吗？你不比史莱姆好多少，但如果你活着会更有用的。我肯定他们会给你找到很多活干的，还不错的任务……当然，先得把你关进监狱。"

皮埃尔已经不听我说话了。他正在看着自己弄出来的那个巨大无比的洞。或许，他看得要更远一些，看着森林。

"我都做什么了……"他用发颤的声音说道，"我都做什么了……"

我们听到了走近的人类的脚步声。他们在大家到来之前就已经到了，因为他们都骑着马。毫不意外，他们用古怪的目光看着我们，我和皮埃尔。科尔伯特走了过来。

"有人看见你们在爆炸发生几分钟之前潜进了这座建筑！你们有什么要解释的吗？"

皮埃尔站了起来。

"对不起，先生！我试图阻止他，却被他打成了重伤！"

所有人的目光都死死地盯着我。

该死的皮埃尔！我刚才还拿他和史莱姆比较呢，现在我将他降低到了排名的最末，和爬行者土豆一起。我指的不是一种蔬菜，它们也需要上厕所……

“可怜可怜我，”皮埃尔说，“请你们帮帮我！他发疯了！”

“你在说什么？”科尔伯特说，疑惑不解。“米牛！这里发生什么了？”

我没理他。我听到了整齐的嘶哑低吼声，就在围墙废墟背后，而且声音越来越大……

现在不是解释的时候。

星期六

战斗：第一部分

天上下着倾盆大雨，简直就像是在一场末影人的噩梦中。不过我还是能够分辨出那些呻吟声，长久而且悲伤。我能够听到土地上的窸窸窣窣声，摩擦声，还有艰难的呼吸声……

它们走近了。

本来它们就喜欢火把的火光，还有爆炸，因此当它们看到围墙上巨大的缺口时，根本难以抵抗这样的诱惑。一道闪电让我看到了它们的数量有多么庞大，多到我都找不到一个词、一个数字甚至一句话来描述。比如，我或许可以说有许多，但对一个小白，或是一个等级 50 的学生来说，“许多”或许就是“3 个”。我更愿意给你们讲一个小故事来说明。

有一天，在学校，我们需要建造一个农场。最开始我们有两头牛。然后，我们有了越来越多的牛。一个星期之后，我们关在围场上的牛已经太多了，以至于：

1. 大部分的牛都站在了一起。

2. 好多牛的身子已经处在围场之外。

3. 有一些好像和围场混淆在一起了。

4. 它们弄出了太大的声音，以至于没人想靠近农场。

5. 有几头牛开始瞬间转移到围场之外。这真是非常古怪。

现在，请你想象同样的事，不过是一个要大许多的围场……就比如一个按规模排在第 5 位的生态圈。

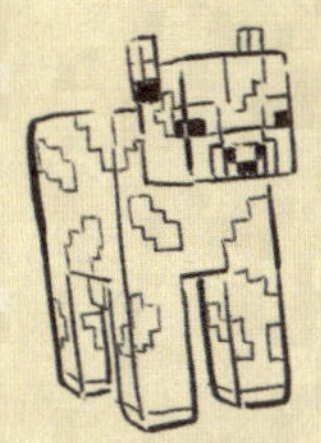

然后，将所有的牛都换成僵尸。
再将围栏拿走。

好啦。还有更古怪的事，就是它们都穿着同样的蓝色 T 恤衫。它们从哪儿找到的这种颜色？好吧，有些居然还一本正经地将它错当作盔甲了，就好比那个将金头盔和用网眼工作服做成的丑陋的靴子组合到一起的僵尸。它们绝对没有任何品位。它们穿成那个样子，真的很难让人认真起来。

埃洛布雷因，这是什么军队呀？我对自己说。

一群徒手战斗，穿着丑陋靴子的僵尸吗？真的吗？这几乎是在侮辱人嘛！

攻击开始！

一分钟之后……

还有，僵尸们！我们都是未来的战士！你们就别白费劲了！

你们做不到像我们那样将过道堵住！

你们不能像我们那样发起攻击！

你们无法跑，或者跳，或者像我们那样施展超级酷的攻击！

这可真把它们惹恼了，因为它们真的很想跑起来或者跳起来，还有做超级酷的攻击。

幸运的是，学校里几乎所有的家伙都出现了。他们都表现得非常冷静。没有喊话，没有命令，甚至也没有半点害怕的表现。他们想要出现在那里。他们的排名肯定还不像自己期待的那么好，不过，还有什么能比在一场战斗中打败一大群活死人更好地刷分呢？

人类的出现，则是为了经验球，当然也为了赶走被困在这个世界中的那一点乏味。科尔伯特用他的剑指着围墙的缺口。

“我们要将它们在这里拦下来！”

哦，不错，我们要拦下它们！这个缺口，我们会像一个小白面对他的第一颗钻石那样，死死抱紧。如果我们失败了，它们就会跑进村庄的围墙里，那么游戏就结束了，一切都会被摧毁……甚至是雪糕摊位。

雪糕摊位?!

不！不能是雪糕摊位，它还有 8 个小广告能让人知道可以吃什么呢！

不能是它！什么都行，就不能是它！你可以把我的房间砸烂了！把喷泉炸了！

但别碰这个木头做的小木板屋！

我还能去哪里品味钻石光芒雪糕呢，它完美的质地，它的浓稠以及混杂的口味，那么让人惊异，我们简直应该将它放在魔法菜肴的名单中。

它们怎么可以摧毁这个摊位呢？它们是怪物，没错，但它们毕竟也应该有限度的，不是吗？它们应该知道有些事是不能做的呀！

我的目光一刻也不离开它们，往嘴里塞了一块曲奇。

今晚，我们不会让它们过去的，不可能。我们只要守在缺口处，它们的数量就没有任何意义了。而且，愿诺什保佑，它们没有末影爬行者们做支援。哦，当然还要打僵尸。要打好多的僵尸。

经验值在空中飞舞。在漫天烟雾中，不断有僵尸被打死，甚至看不到有逃出来的。天空中的箭几乎和雨滴一样多。布里奥在同时用两把剑战斗。皮尔斯用的是一把暴力五级的魔法斧头。阿莉兹接连施展致命一击，简直就是在空中飞。绿丽和科尔伯特并肩作战，就像是这世上最好的伙伴。麦克斯和马斯托克正在准备揍一个超级吓人的僵尸，它的皮肤是黑色的，眼睛是亮闪闪的绿色。

马斯托克的眼睛几乎撑得像曲奇那么大。

“这是个什么东西?!”

“我觉得这是一只女鬼，”麦克斯说，“就当是一只僵尸好了……噗，算了，别让它碰到你。”

“以诺什之名，你就放心好了！”

甚至连村长都拔出了他的剑……那是一把金剑，没有魔法，通常来说，那只是为了在典礼上做效果用的。到了这时，事情的进展真的有些不太对劲。

当然了，皮埃尔还在，在最前线。当然了，大英雄嘛!

有时候，他会跳到别人面前，救别人一把。有时候，他会将他面前的人推开，为了能杀更多的僵尸。他只是在表现自己，让人注意到他。

真勇敢!
太勇猛了!
看看他哪!

有时候，他也会看我。只要能让他离我远点儿，我就已经很满足了。老实说，我有点儿想把他推到僵尸群的中央去。

他怎么做得出来这样的事，炸掉城墙的一部分，还想把我也炸了！我早知道他是一个恶人，但也不至于到这个程度吧……他该不会碰巧是埃洛布雷因的儿子吧?!

还有，在这场战斗之后会发生什么呢？大家都会相信他吗？那是肯定的。另外，他还有支持他的伙伴们。不过目前有更重要的事。如果怪物们将我们扫出门去……

你可以点任何你想要的香型……只要是史莱姆惊喜香味就行。

我的怒火越来越猛烈。僵尸们一个接一个地倒下，就好像铁砧那样。不过每次我消灭了一只，就会有另一只取代原来的位置。

这持续了很长时间。我的手臂开始感到疲软，就好像挖矿挖太久了。

没错，我们完全累瘫了。我的脑子有时候会跑到别的地方去。我不喜欢承认，不过……有时候，我在想，有没有可能建造一间蛋糕屋。

星期六
战斗：第二部分

94 个僵尸，95，96，97……

蛋糕……城堡……？呃……98，99……

即将达到 100 只僵尸，这时候一个学生撞了过来。他跑到我前面，杀死了一只我正在打的僵尸。我用愤怒的目光盯着他。

“吁呵呵！僵尸小偷！”

“僵尸小偷？”他笑了笑，“你在我的范围里，傻瓜蛋！快去别的地方吧！”

他是最新的一个坏蛋，有弯曲的眉毛，还有染色的上衣。

好长一段时间里，他都在努力提高排名。他原本是在中间，大概 66 或 67 名。不过，在听说钻石之道后，他就开始用尽一切心思提高排名。这就是为什么他要偷我的僵尸——为了在战斗中提高他的排名。我觉得，他想当队长，无非就是因为队长能给别人下命令。这是一个骗子，一个小偷。绿宝石和贵重物品，这就是他感兴趣的全部东西。如果他成了队长，他就能强迫别人给他“进贡”和“送礼”了。我不会让他那么做的。更何况，他还抢了我的僵尸呢！

于是，我把他推开了……我也抢了他的。

“小白毛子！”他喊叫道，将我推开。

很快，这就变成了我们两个人在互相斗气，用胳膊和腿互相推搡，同时还在打着面前的僵尸。有一下，我甚至踩在了他的脚上。

“老泥巴！”

“小白王！”

“死脑子！”

“差劲佬！”

“史莱姆做的块儿！”

“末影宝宝！”

“蝙蝠农夫！”

蝙蝠农夫？这么说他可真是太过分了！

我后退几步，把僵尸留给了他。不过，就在他要完成最后一击时，我拿出了我的弓，用箭射死了僵尸。

LOL[①]！LOL！LOL！
我把这个小白耍了一道！

他还以为我会将这只僵尸拱手相让呢！他居然相信了！你应该看看他的表情！哇！我试过将它画下来，不过，我笑得停不下来，根本没法画。

他超级生气："你知道吗？等我们一帮人超过你们，我保证会让阿莉兹听我的命令！我会让她干所有的脏活！我会给她套上一条锁链！"

他走远的时候，还发出了最后一声"吁呵呵呵！"。或许，他是去偷别人的僵尸了吧。

你一定要提到阿莉兹吗，嗯?！

我开始跟着他走。接着，我感到有一只手搭在我的肩膀上，就跟丝绸一样柔和。

"忘了它吧，"阿莉兹说，"专心一点儿。我们要输了。"

① LOL，laugh out loud 的缩写，意为"大声地笑"。——编者注

星期六
战斗：第三部分

一开始，我还不太明白她想说什么。

马斯托克也是。

“谁要输了?!”他在几个方块远的地方喊出来。

“我也就还差一件事了，那就是我的清单中的位置，”绿丽说道，“我希望它们能够掉出来更酷的东西。”

然后，我开始理解了，一开始是慢慢的，然后就越来越快，有点儿像不断提速的矿车，直到……砰！

我看了看我的剑。它已经损耗了 50%。更何况，有时候僵尸还是能碰到我们。我们太累了，已经不怎么小心了。我自己的生命条还有 8 颗心。这也就是说，我们的武器，我们的通常的生命，都在一点点地消耗。只要僵尸的数量充足，它们就能够打败我们。我们身边的所有人也开始意识到了这个问题。一阵绝对的沉默。阿莉兹越战越勇，以闪电的速度劈开僵尸，但马上又有新的僵尸出现。皮埃尔几乎能够跟上她的速度，这真是太惊人了。他的速度太快了！不过，他还是受了一点伤，但他马上就喝下了一瓶一级痊愈药水，就好像那是一场喝药水速度比赛一样。最后，村长的剑在一个僵尸的脑袋上断了。他低头去看地上碎了一地的金方块，就好像他的剑是他唯一的希望。

“呜噗斯。”

呜噗斯？

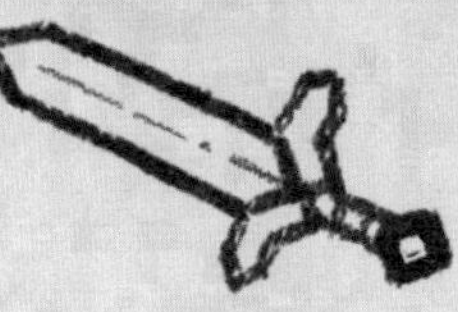

他带了一把金剑来战斗，最后他能说的，竟然是“呜噗斯”？

没错。我们就这么完了。我们的超级村庄，方圆数千个方块以内的最后一个抵抗据点……今天就要输了。最可笑的是，这一次怪物们竟然什么也没干。我们的失败归功于我们最好的学生之一。我们中的一位。

然后，就在我想着情况简直糟到不能更糟的时候，科尔伯特从前线退下来了。他转过身，冷静地走着，什么也不说。

绿丽看了他一眼。我们都能够听到她的心在碎裂，就好像那是一块玫瑰玻璃糖做的心。

“哇！”她说，“我不信……他这是在干什么？”

其他的村民和人类都开始观察他。

科尔伯特，戴围巾的骑士，似乎被激怒了。

“你们都是小白吗？”

然后，他做了一个传奇般的举动。

一件任何村民永远都不会忘记的事。

传奇般的举动，天才的、超级无敌酷的行为，不过也是个有些费解的行为。

科尔伯特将他的剑收了起来，从他的清单中……

拿出了一把……

魔法金锹。

我知道，我知道，这看起来也没多么天才。我们当时并不明白，只是用诧异的目光看着他。几个我不怎么熟悉的家伙甚至还这么评价道：

“一把金锹？”

“呃，LOL？”

“他还问我们是不是小白?!”

“吁呵呵呵。可怜的家伙。他终于还是动摇了。他疯了！”

如果做出这个传奇举动的是另一个人，绿丽兴许也会这么说，但她现在一句话也不说。

我也没有什么好多说的。他站在那里，手里拿着金锹——这真的可笑到极点。非常小白。

科尔伯特，那个总是说他的剑有一天会离埃洛布雷因非常近的人……他停止战斗了，为什么呢？要挖个洞吗？！

我当时一点儿也想不明白。还有这把锹？这可是一把金锹，当然，附魔的，但它也是金的呀！金子的！不是铁的，不是钻石的，不是源质的，或者任何一种我们在书里看过的稀有金属。老实说，倒不如做一些木头工具呢。在学校我们学过，木头比黄金差不多要耐用两倍多。说实话，金子工具的唯一好处就是……速度？

呃……速度……没错，用金锹能挖得很快，甚至比钻石锹还要更快一些。另外，从它的闪光来看，我觉得它应该是有三级效率魔法。所以……他能够挖得超级快。所以呢，他想怎样？建一座地下村庄吗？

我已经没有时间解答自己的疑问了，科尔伯特开始发疯一般挖脚下的土。没错，我说的就是“发疯”，就好像钻石在沙子中的速度，或者一只末影龙的爪子在……算了，随便什么吧。或者像我拆礼物包装时的速度。一个名叫特雷沃3419 的人类，看到土飞得到处都是。

“哎，伙计！”他喊道，“看哪！科尔伯特在玩一种新策略呢！”

呃？一种新策略？
他这是什么意思？
他们打算干什么？

我的心思全在这上面了，连面前的僵尸都不怎么注意了。

啊！你们就不能停止攻击两分钟吗？

我真的很想看看他究竟要干什么呀！

当然，我已经和足够多的人类交往过，知道他在说的是一种策略，不过我还是没搞明白。一下子，许多人类都从前线撤了下来。特雷沃 3419、阿历克斯、朱利安、艾米、阿加克雷兹、卡拉、雷啊 9、忍者杰克、西蒙娜……他们都拿出了自己的金锹，跳进科尔伯特挖出来的洞去。

我很快就看明白了他们的玩法。我明白了，他们是在挖城壕……

一条足够大的壕沟，阻止僵尸们靠近。你或许还不知道，僵尸们是不能跳跃的。它们能够跳上高度为一个方块的台阶，但它们无法跳过一条壕沟。就算派一百万只僵尸来，也无济于事。这是一个天才的计划。呃，对不起……一个天才的“策略”。

不过，还有一个很大的问题：即使用上有魔法的金锹，

我们也还是需要时间啊。前线必须能够拖住僵尸们，这样金锹队才能有时间完成挖掘。皮尔斯明白了，马上又变回了皮尔斯：“保护人类！守住战线，像基岩那样！！！要像连接了红石火把的门那样快速反应！！！”

好吧，他这真是把我们搞得晕头转向。连接了红石火把的门能够快速反应？呃……随便吧。我们只要听从命令就好了。

我觉得在1000只僵尸的压力下，基岩也会折断的。
——马斯托克

星期六
战斗：第四部分

我们所有人都累瘫了。我们中大部分人都受伤了，而且所有人都缺少食物。有些人还被迫拿出了他们的斧头，因为他们的剑已经损坏了。僵尸们从来都不会疲倦，而且这种超级恐怖的绿眼怪物越来越多了——女鬼。它们本应该是超级稀有、非常强大的，就好像僵尸中的高压爬行者。在传说中，只要它们碰到你，后果比凋灵骷髅更惨。

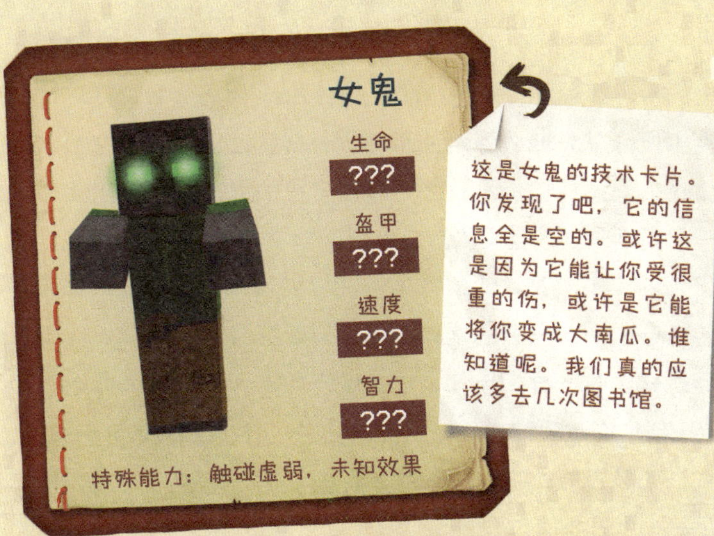

我不想再多说什么了，不过……有几只僵尸还穿着上衣。这些都是以前的村民，他们应该是从远处的村庄来的。我杀死了几只……虽然他们已经一点也不像我们了，我还是产生了罪恶感。有一次，一只僵尸死后留下的只有一根鱼竿。他以前一定很喜欢钓鱼……在变成僵尸之前。我没办法将这段记忆从脑海中除去。显然，有很多人也下不去手，但无论如何还是要那样做。

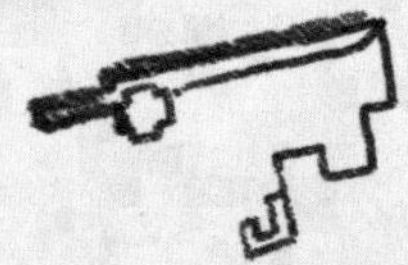

当我看到他们的目光，我就在想，他们的村庄会是怎样的，他们平时都做什么来打发时间，他们的眼神怎么会变成这样，看着别人就好像我看着南瓜馅饼一样。他们会建筑城墙吗?生产武器？他们是不是曾经躲在自己的屋子里，祈求着那一天早点到来？就连皮埃尔也受到了影响，他直接躲开了他们，让别的人去对付。他每看见一只村民僵尸，就会大汗淋漓，脸色苍白得像一只恶魂，而且他开始浑身颤抖，就好像中了蓝蜘蛛的毒一样。或许，这已经开始进入他那个黑曜石大脑了。他或许意识到，正是因为他，我们可能也会有这样的遭遇。或许就是因为如此，在遭遇了第 9 个或者第 10 个绿色村民之后……他往前直冲过去。

没等我们来得及说些什么，他就已经来到了离阿莉兹和我 3 个方块远的地方。我的伙伴们都忙着帮助他。但其实他们不想支持皮埃尔队，而且他们对刚才所发生的事情还一无所知。

“你在搞什么鬼?！”阿莉兹喊道。

马斯托克劈开了皮埃尔旁边的僵尸。

“你疯了吗？你是小白吗？”

“我们……我们不能让他们这样做！”皮埃尔喊叫着，遇见什么就砍什么，“我们不能！我们要将它们杀光！！！”

“一个不留！！！”

有些僵尸正在包围我们，我们不应该冲得这么靠前……这太危险了。皮埃尔才不在意这些呢，他只知道往前冲。他一个接一个地砍杀僵尸，左边、右边、左边、右边……可僵尸实在太多了。就在这时，我发现了他旁边的一只黑色僵尸。

它走得那么近，我都能看到它皮肤上的绿色斑点，像是史莱姆的肉冻……就像我们小时候别人给我们讲的那些恐怖故事那样。它慢慢地、缓缓地接近皮埃尔，接着，我想起了几百年前的一个被这种僵尸触碰过的村民的故事。

千钧一发之际……

我不知道自己为什么要救他。我没想太多，我的手自己就行动了。我的剑飞起来，就好像是被活塞抛射出去的一般。女鬼后退了。

我救了他的命。我毫不犹豫地救了皮埃尔的命，就像我救我最好的伙伴那样，在他让我受过所有这些苦难之后……

皮埃尔看着我，目光呆滞。

他看上去非常惊讶，那是当然。

“谢谢。”

星期六

战斗：第五部分

好吧，大体来说，我们赢了。

人类终于挖好了城壕。前线的人都跳了过去。其他的人将岩浆倒了进去。砰！

你得到了：悲伤的僵尸。

科尔伯特的策略大获成功。

当然，这要是在以前，后面的僵尸们或许就会把最前线的那些僵尸一直推落到岩浆中去，但它们现在可是变得聪明多了。没有一只僵尸掉落到岩浆中（*对僵尸而言，这可是超级*

狡猾）！

我甚至还想，它们当中的哪一个说不定会放一块方块来造一道桥，但终究还是没有。虽然它们进步了，但还没收到怪物大学的毕业证书呢……

最后，它们都走远了。
慢慢地。非常缓慢地（对僵尸而言）。

我们看着它们走进可怜的小森林中。接着，我们听到了欢呼声，比爬行者的爆炸还要响亮！二十几个村民扑向科尔伯特和他的朋友们，向他们道谢，问他们一堆问题。布里奥甚至还跟他握了手。

并不是所有人都在分享这一喜庆。大部分上了前线的村民都已经筋疲力尽，跳不动了。我和我的伙伴们一起，就在被炸的矿工仓库小屋附近重聚了。

“我们不应该庆祝，”绿丽说，“至少不是马上。岩浆现在还够用……不过，等哪天僵尸们能够跳跃，甚至飞行了……”

阿莉兹靠在废墟的墙上。

“幸好，这一天还没到来。”

“如果我们将岩浆倒在入口处，那会更加简单，”麦克斯说，“我会把它写到我的日记本上。”

（没错，麦克斯也记日记。）

我是少有的一句话也没说的人。事实上，还有一个不说话的人，是皮埃尔。他看着脚下，一句话都不说。

然后，他走了过来。我居然没有生气。

“米牛，呃……我们……能商量一下吗？”

他躲避着我的目光，就好像我是末影人之王。我将头转了过去。这要是在之前，我早就喊起来了。我血管中的血，就像酿造台上的小药瓶那样沸腾起来。这要是在我的家里，我或许早就穿破屋顶了。不过今天，我非常冷静，就像一只住在没有狗的世界中的骷髅那么冷静。老实说，这么冷静确实有些古怪，因为我在战斗之前吃了太多曲奇，太多太多了。

我点点头。皮埃尔开始往远处走，我跟着他，将朋友们留在身后。他们都不知道说什么好。他们诧异地看着我，就好像我想要在我的清单中制造某些东西……却不是在正确的地点。

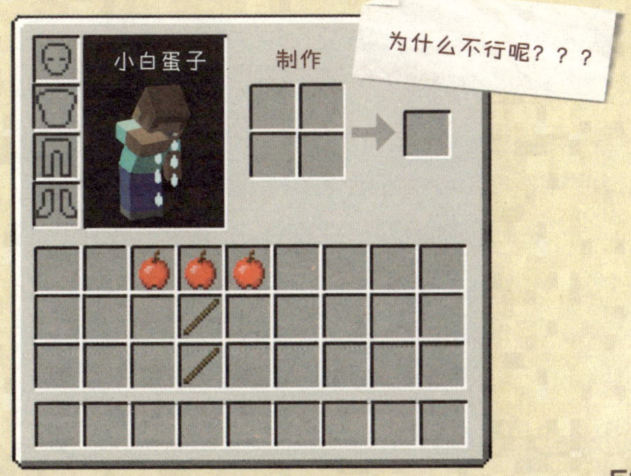

星期六
战斗：第六部分

等我们走远了一些，皮埃尔转过身来。

“你的事情，我做错了。真的，真的。我知道这改变不了什么，你永远都不会原谅我，不过……我很对不起。你是一个好人。”

“没错，我肯定你也会和村长这样说的。”

他点了一次头。

“对。我不明白发生了什么。这不像是我会做的！我知道，我以前折磨过你，可是从来也不至于这样！”

“……”

“我以为你是一个间谍！我看到了你的宠物，一只史莱姆宝宝！我对自己说，你肯定是叛变了，当我看到他们将你当成英雄的时候……我都要气炸了！”

“那么，你就应该和我说呀，或者告发我。我不知道，你本应该做点什么，不论什么，除了这个！你知道，如果村长知道你做了什么，他会怎么惩罚你吗？！”

“我知道。相信我……我知道。因此，我才想要给你……这个。”

接着，他拿出了一堆绿宝石，然后又有5个。他继续将他的清单清空，将物品都扔到地上，包括那些魔法工具。

我看着他，目瞪口呆。

最后，是他的盔甲、他的剑和他的斗篷。

“它们是你的了，”他说，“哦，我家里还有更多东西。如果你想，我们可以现在就去。”

这是怎么回事儿?!

我看着这一堆闪烁着耀眼光芒的物品。没错，他确实有好多东西……三颗钻石。成堆的绿宝石。一只金苹果。好多药水。面包粉一级的鱼竿。他甚至给我留下了他的魔法弓。

哇!

这是一个陷阱吗?

为什么他要把他所有的东西都给我?

面包粉魔法有什么作用吗?!

我摇摇头。

“你在干吗?!”

“好了!”他叹气说，“我要去的地方难道还能用得上这些吗?它们最终都会被放在某个地方的储藏室。”

“……”

监狱!我想过。当然，他说的就是监狱!没错，这里的经典惩罚。不过，还有一种更加厉害的，只有对付像这样的叛徒时才会用。他或许还不知道，但麦克斯已经和我说过了。总之……上一次我们使用这种惩罚，还是在好几百年前……村长肯定不会……

不，我想过了，村长还不至于这么残忍。

我不希望任何人接受这样的惩罚，哪怕是皮埃尔。

他耸耸肩。

“喏，把它们都给别人吧。是时候了结了。再见……”

我什么也没有说，只是给了他一个黑脸。我得小心点儿。我觉得他还是想搞什么阴谋诡计。

“我只想对你说……我这么做是为了村庄好……而且，我现在也还会这么做的。”

他真的就这么走了，朝着人群，朝着村长。脑袋耷拉，脸色阴沉。但他的腰板还是挺直的。越接近人群，他的脚步就越是沉重……

我或许应该阻止他。

他知道自己将会接受怎样的……

他说他知道，不过……
……我不是那么肯定。

星期天

难以置信，不过……
皮埃尔走了。

我还清楚地记得村长的话。

……摧毁村庄财产，试图谋杀，违反了……哦！哎呀算了，就让这些鬼话到此结束吧！皮埃尔・灰旗，我将你从这个村庄驱逐，直到下界中下起雪来！！！

最惨的是，皮埃尔将他所有的武器都留给了我。他在村庄之外，独自一人，没有武器，甚至连一块木头方块都没有。即使他对我做了那么多的坏事，我还是替他感到难过。他肯定连一晚上都过不去。要是在五个月前或许还说得过去，可现在……他一点儿机会都没有。至于皮埃尔的伙伴们，他们都被投入监狱了。皮埃尔哀求村长说，这些都是他的错，可这无法改变什么。我不太清楚他们要在里面待多久，一个月？或者更长。

事实上，皮埃尔的父亲也发怒了，他和皮埃尔断绝了关系。

“我儿子玷污了我们的家族，我永远都不会原谅他！”

有好多村民支持他。事实上，整个皮埃尔的家族，尤其是矿工们都支持他的做法。我看到他们穿着深色的罩衫，是泥土的颜色，脸色显得更加深沉。

甚至还有些人说皮埃尔的父亲真的算不上善良。不过，我们看到他站在众人前面，眼含泪水。他是装出来的吗？

我不在乎，
我真的累坏了。

星期天
更新一

今天早上，庆祝。反正，就算是吧。没有人真的高兴。村长没有多说怪物。不过，还是有一些好消息。

“今年，所有的学生都超过了我们的期待。某些人或许会很惊讶，不过……你们当中的大部分人在至少一个科目上将会超过 100 分。”

照村长的说法，超过 100 分原本是不可能的事，一直以来都是这样，而且得分表格也总是在 100 分的地方就停止了。这是因为老师们甚至都不认为我们能走这么远。去年的最高分数也只不过是 82。不过，照目前情况看来，我们都超越了。这也不算多么意外。100 分代表的是能力。这也就是说，我们都有做某些事情的能力了，但离熟练掌握还差得远呢。比如，大部分铁匠都双手灵巧，不过，如果是一个生活在山里，用胡须就能打铁的传奇铁匠，那他的手工得分就应该超过 500 分，这是肯定的。

“你们的成绩本肯定也都更新了。”村长说，“好吧，你们都看一眼吧。”

我打开了成绩本，
眼睛一下子睁大了。

我周围的许多人都和我一样。看来，有许多学生都超过了 100 分。阿莉兹始终比我厉害，这是肯定的。对于经受过埃洛布雷因实验的她，我可没有其他多余的幻想。

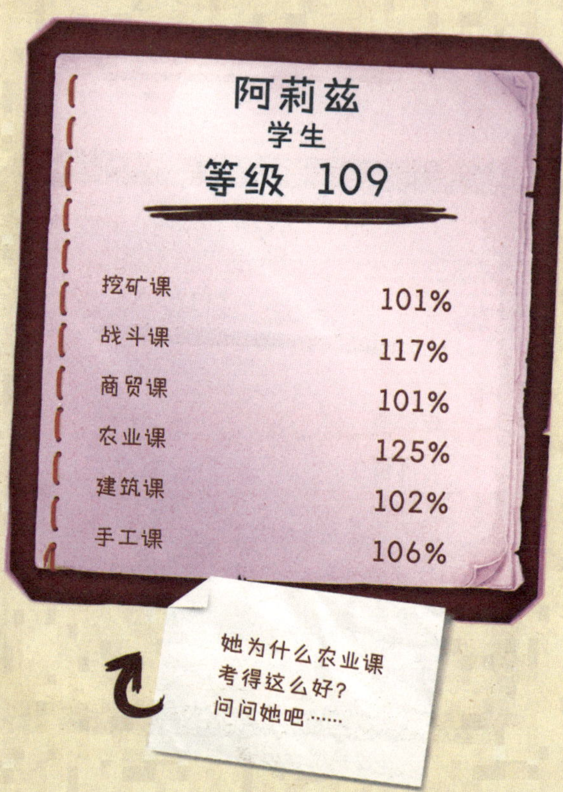

接着，皮尔斯又提起了执剑之道。他说，所有选择了这条道路的学生都将会分配到 5 位队长的手下。所以，如果有 50 位村民选择了剑，那每位队长就将有 10 个学生听命于他。最好的情况就是朋友和朋友分到一起，也就是说，如果马斯托克选择当一名战士，而我成了队长，我们就可以一起干活了，不管发生什么。听到这条消息，我们才高兴起来。但接下来，布里奥将所有人的兴致都毁了。他说，接下来还有 4 门考试。

1. 挖矿考试。之前被无限期推迟，现在终于轮到了。

2. 战斗考试，也叫冰雪比赛。这将会是一场对抗赛。

3. 红石考试。我对红石真的一无所知，马斯托克略懂一点儿，不过自从上一次考试之后，他也没什么更多的想法了。

4. 终极考试。所有学生都要给出一个想法，报复怪物。老师们会选择最佳的方案，所有学生都要参与方案实施。

吁呵咯咯。

一场红石考试?!为什么?!我们在课上几乎没有讲过!

“起码，最后的考试听起来挺容易的，”绿丽说，“他们想要报仇? 只要给我一颗打火石，跟我一直走到它们的森林里，就能看到!”

阿莉兹咯咯地笑起来。

“比赛，这倒是挺好笑的。我在想他们要怎么安排。”

“他们会让我们玩天球。”马斯托克说。

他简单总结了一下规则。说来说去，玩天球挺难的。两支队伍各有 6 名成员，所有人都用雪球攻击对方。显然，位于西边某处的一个大型村庄对待这些游戏是非常严肃认真的，他们每年都会组织一场比赛，称之为传奇比赛，最好的玩家都被视为英雄，受到尊敬，甚至比战士更厉害! 马斯托克在解释天球的具体细节时，麦克斯靠近我，对我低声说道：

“要不我们去走一走？”

星期天

更新二

麦克斯和我说了一件有意思的事，是他的伙伴弗雷兹发现的。他们管这叫作“密探行动”。总体来说，弗雷兹走遍了学校所有的走廊，看到了所有人的成绩本。上个星期，他就是这样到处“探密”，为此他都不学习了!!!

不过，他为什么要做这些呢?

他想帮助我们。

弗雷兹很清楚，自己永远都不会被任命为队长，可是他想要成为一名战士，所以，他想确保自己能够在争取钻石之道的米牛队中得到一个成员的席位，而作为交换，我们要接收他入队。他明白，其他那些有潜力当队长的人其实都是坏蛋，他不想和他们混在一起。

我说，这倒是行得通，因为大部分人目前都还没有起疑心。不过，我还是感到有些内疚，让他牺牲自己的成绩来做这个。不过，话说回来，对于执剑之道，分数已经不那么重要了，就连蹦比都可以当战士，而他的得分才不过 20 分。

从现在开始，
帮雷兹会向我们报告每个人的得分，
让我们能够知道自己的排名。

星期天
更新三

“庆祝”终于结束了。我和我的伙伴们都往雪糕摊位走去。我们各自拿着雪糕，走到一张桌子边。这其实是阿莉兹的想法，她觉得这样能让我们振作起来。可这招对我没多少用处，就连我最喜欢的钻石雪糕，吃起来都好像一块盖满了慕斯的石块。

“我还是无法相信！”马斯托克说，“你们看到科尔伯特做的事了吗！这家伙，真是个传奇！他帮助我们逃过了一劫，一次皮埃尔给我们造成的灾难，而且还是用一个烂极了的工具！”

当他说到皮埃尔的时候，我应该看上去显得更加悲伤了，阿莉兹在我的肩膀上拍了拍。

“哎，别让自己被打败了！”她说，“皮埃尔也算罪有应得了。”

我叹了口气。

“我知道，不过……我还是有种负罪感。”

我不知道。

“伙计，他可是要把你炸了呀！”马斯托克说，“你几乎就当了一回爬行者了。我还试图要保护他呢，要是我早知道的话……”

麦克斯合上了他正在看的书（《村民法律》）。

“我感觉他能搞定，”他说，“无论是好还是坏，不管怎么说，他都曾经是最好的学生之一。”

“这话提醒了我，我们这是在浪费时间，”绿丽说，“很快就是最后期限了，我们应该专心学习！”

“她说得对，”阿莉兹的目光低垂，看着她的恶魂眼泪雪糕说道，“竞争还是有的。”

“对你来说没有。”绿丽说。

阿莉兹耸耸肩。

“事实上，关于红石，我不比你们懂得多。恐怕马斯托克还要再帮我们一次了。”

“我们所有人都该试着做点什么，”马斯托克说，“铁牙的成绩追上来了！还有布罗克！我们不能让这些坏蛋们为所欲为！”

吁呵咯咯 × 2。毕业典礼近在眼前了，铁牙的排名离我只差几位。我们所有人的等级几乎都在 90 级以上。皮埃尔的队伍或许已经不算在内了，不过，那些坏蛋都和僵尸一样：打跑一个，另一个又上来。更何况，铁牙几乎和皮埃尔一样坏。皮埃尔至少似乎还是关心村庄的，而且他还很聪明。

布罗克和铁牙是一类人。钻石之道宣布之后，这两个蠢货就开始抄袭别人的想法，而且，他们还不是唯一这么做的！小家伙们都绝望了。他们为了提高分数，简直不择手段。好多人都想当队长。这倒也还不错，因为这很酷。

因此，只要我放松了哪怕一点点警惕，他们都会跑到我们前面，在毕业之前的几天内！

幸好有了密探行动，
我能够提早掌握情况。

阿莉兹终于尝了一口她的雪糕。她的鼻子也沾到了一些，而且她好像还没注意到。所有人都用自己的雪糕球挡着自己，

我们最好的探员马上就位！我保证！
我们最好的探员们！

偷偷地笑。

“你们笑什么呢?!哦!呜噗斯。”

她整个脸都红了，就好像黎明前的天空。

马斯托克也笑了。

“我真搞不懂你，”他说，“你是最优秀的学生，却不知道怎么吃雪糕?”

“别担心，”麦克斯说，“米牛和马斯托克可以帮你。他们是这方面的专家。”

我也无法阻止自己分享大家的快乐，不过我的目光很快就落在了远处的围墙上。

我看不见后面的东西，但我能够想象。无尽的荒蛮，无际无边的沙漠。

最近，守卫们甚至在大白天都能看到怪物们——在太阳底下无所事事的怪物们在闲逛。科尔伯特说他见过这样的僵尸。它们都戴着魔法头盔。它们肯定还有不可破灭的魔法。它们全都戴上了头盔，这样一来，它们甚至都不需要小森林，就可以在大白天到处走来走去。它们可能会逛好几个小时，在一片万里无云的天空下……

然后，萨米说他看见了一只蜘蛛在追一只兔子，跑得比猪追胡萝卜还要快。这是在白天发生的。也就是说，蜘蛛们不会因为阳光而眼盲。

呃……

再会，皮埃尔。

希望你能玩得开心。

星期天
更新四

我的伙伴都走了。他们每个人都有事要做：马斯托克要给他父母帮忙；麦克斯要去图书馆；绿丽应该是和她父亲还有几个人类吃晚饭（*当中有科尔伯特，当然了*）。

只剩下阿莉兹和我。

“我希望你把这些都拿去，”她说，“你应该随身带着一些。我们都不知道，自己什么时候会需要它。”

她真是太善良了，不是吗？她肯定是从她妈妈那里拿到的这些，因为布里奥真的不是个多愁善感的人。

“非常感谢！”我说，“有个名叫润城的人类总是追着我，让我买，不过我每次都会忘记。”

她笑了。

“说到人类……为什么他们那么多人的名字后面都有一个数字呢？”

吁呵嗯嗯。好问题。

比如，科尔伯特不只是叫“科尔伯特”，而是“科尔伯特 21337”，然后还有手工佬 6000、刀锋 7381、梅萨 8、特瑞 9，还有生气的菠萝 123，虽然我们都只叫他“菠萝”。

这太奇怪了。要是我管自己叫“至强米牛 77777”，那么人类就会觉得我很酷，是吗?

“这或许是他们的等级，”我说，“也就是说，科尔伯特是 21337 级。”

“或许正因为这样，他才是他们的领队……”

她耸耸肩。

“呃！我还想问你……你最近做过梦吗？”

“不算吧，你呢？”

“嗯。那个凋灵骷髅，可烦了。”

“它让你救它，是吗？”

她点头。

“这应该是我第 5 次梦见它了。”

这太古怪了。这只凋灵骷髅应该和一个末影人是好伙伴。它搁浅在下界中的一个方块上，在一片岩浆的正中央。噗。我们可不会就这么安排一场去下界的旅行。除非……

当我想到一个新的计划时，脸上浮现出一个狡猾的笑容……

听到阿莉兹的声音，我从自己的沉思中走了出来。

“啊！还有一件事……我是最优秀的学生，不是吗？如果这一点一直不变的话，我就可以选择当队长，如果我成了队长……”

我知道她想要说什么。从我们目前听到的信息看来，队长能够指挥别的学生。守卫，侦察兵……不管啦，只要我们能一起行动。如果我自己也成了队长……我们就不会那么经常见面了。比这更糟糕的是，我们要和一些不那么熟悉的人一起行动。我们要将自己的生命交托给他们。

“我们应该互相许下另一个承诺，”阿莉兹说，“不然我们就有可能违背第一个了。”

我还记得。我们要保护对方，不管在什么情况下。

“哪怕他们将我送到外面去，我也不在乎，除非你不能和我在一起，阿莉兹。没有你，什么也做不成。”

然后，我们互相握手了。我们订立了一个协约。

“如果我们两个人都被选中……只有一个人可以选择钻石之道。同意吗？”

“同意，”我说，“我不知道村长会不会轻易同意我们的决定，不过，这是我们的决定。任何事情都不能将我们分开。”

“任何事情都不能。”

我们去公园中散了一会儿步。每次到那里去，我都会多少忘掉一些正在发生的事。不愉快的记忆会被抹去，就好像那不过是一场噩梦。可不是嘛，在太阳耀眼的光芒下，艳丽的花朵在我们周围开放，而恐怖的怪物们也在和我们分享同一个世界，这真是有些难以置信。

星期天
更新五

事先声明，我们不是牵手！我们只是握手了！在做出这么重大的一个承诺之后，就应该做这样的事啊！后来她就走了，因为她要和她的父亲商量事情。她没有告诉我是什么事，而且我也没有参与其中。这就好像……

嗯？
我的笔写不出来了。
我不太清楚为什么。
我再试试看。

阿莉兹看起来……

呃……哇！我的笔已经不能流畅书写了。啊！它几乎被完全损耗掉了。最近我写得太多了。或许我自己也能修好它，不过，好吧，这会浪费经验值的，而我完全可以用一个土豆来换一支新的笔。而且，我必须把我所有的经验值都存起来，才能买一把钻石剑。我真的太想拥有一把钻石剑了，甚至后悔当时没有拿皮埃尔的钻石。有时候，我的脑子里想的全是这件事。可不是嘛，你连见都没见过钻石剑吧？完美的剑锋，锐利的剑尖，还有闪耀着紫色光芒的蓝色剑身……相信我，在主世界中，你永远都不会看到如此美妙的物品。除了阿莉兹。

……

我写了这句话吗，真是我写的吗?!

真正的战士不会这么无精打采的！我肯定这是因为我的笔出毛病了。嗯，就是这样。它让我写了些乱七八糟的东西，因为它只剩下一个点的损耗值了。

星期天

更新六

我回来了。我去买了一支新笔。

“请注意，这个世界中的笔和电子游戏中的笔是不一样的。游戏中的笔没有损耗值。说真的，它们甚至都不存在。这就好像……这个世界是真实的。其实，这都是实体303的错。我真不应该顺应那条电子游戏的规则。它是怎么创造出这一切的？”

“戴上现实增强眼镜之后……我就来到了这里。”

——科尔伯特

不好意思，刚才是科尔伯特的独白。他说，人类进入这个世界的原因和方式有太多的谜团了。他们都遭遇了特殊事件，如果我没理解错的话……是借助他们的地球新机器。有那么一下子，他们失去了意识，然后……就在这里醒了过来。科尔伯特全都对我说了，不过我得承认，我没明白多少。他觉得我们的世界是真实的，不过，这应该和机器存在某种关系吧？那么实体 303 是那个被认为参与了这个游戏创造的家伙吗？或者是类似的东西？

总之……

我买了一支新笔。还有曲奇。还有蛋糕。还有一些南瓜馅饼。为什么不呢？

我也想好了，既然红石测试已经不远了，为什么不去买一些红石粉呢？买红石粉最好的地方叫“库房”，离我刚才去的书店只隔着几间房子的距离，是一座超大的建筑。库房有两道由活塞启动的巨大的门，哪怕是铁傀儡都能进得去。

总而言之，这是一个测试区域，一个用来测试红石机制的地方。史蒂夫和迈克走之前会在这里耗上好长时间。现在，这里还是挺荒凉的。有几个人类会时不时地过来，但没有太多村民来。

红石对我们来说是一个全新的领域。

我们一无所知。

线路的神秘感，甚至比剑带给上了一点年纪的村民（比如我的父母）的神秘感还要大。

因此，我们没有红石课的分数，我们也极少上这门课，也没有真正的老师。

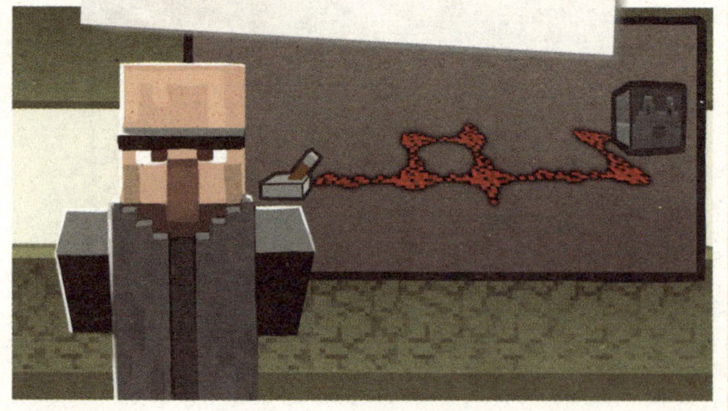

（这，就是一个目前的情况。）

我看着周围堆积的物品。它们都太奇怪了，我不知道该怎么制作它们，就更别提使用它们了。用红石粉做线路，我想过，不过也还需要……别的……东西，不是吗？

吁呵咯咯！！！

我真是个红石课的小白啊！我说话就跟我们老师一样！

皮尔斯和我们说过红石火把。事实上，直到他对我们解释红石火把的作用之前，我甚至都不知道这个东西的存在。

真是太羞愧了。他比我父母的年纪还要大，可他对于红石懂得比我还要多……

比较器……中继器……信号制动器……我甚至都不知道该从哪开始！我该怎么办呢？

马斯托克在我们建造的上一个红石线路上帮过我。我在日记本中记录时，他就会对我解释。而且这还不是特别复杂的系统。总之……比起人类做的东西，那就什么都算不上了。马斯托克在这方面超过了我，不过他也还只是个新手。

为什么这些活塞上都盖满了史莱姆？难道它们是怪物的新型攻击武器？还有，这个方块上的脸真是让我害怕……

我在一个中继器前面站定，就好像一个僵尸站在一道没有安好的门前。

我有两三天的时间来成为红石专家，我想过了。没错。不可能……该死！我以前不觉得红石会有这么重要……我真是为难透了！光是想想就能让我哭出恶魂的眼泪来！

星期天
更新七

我正打算回家，却听到背后巨大的哐当、哐当、哐当的声音。这是我们村庄中经常听到的声音，也就是说，一只铁傀儡就在不远处。

然后，我听到了一个女子的声音，很清新而且非常温柔。

“哎！你在这里干吗？”

嗯?!

我转过身去。铁傀儡就在离我两个方块以外。不过，说话的并不是它，还有一个女孩子……站在它的肩膀上。这真不赖。不过，这看上去好像也不会特别舒适。她从驯服的铁傀儡上下来。这是一个非常、非常奇怪的女孩子。

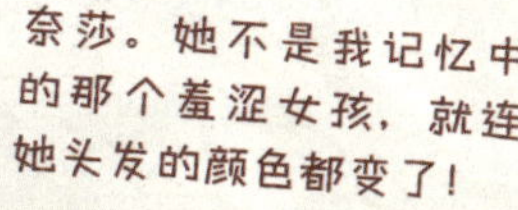

在学校，没人和她说话（*肯定是因为她不常来*）。她肯定在这里度过了不少时间，捣鼓这些红石。我听说，她之前和史蒂夫一起做了一些计划。除此之外，她就带着她的铁傀儡，然后试着玩放焰火这一类的古怪玩意儿。

所以，她的成绩一直都不是特别好，甚至是倒数第二名，刚刚在蹦比之前。我们的老师不对使用红石的能力给出评分，而她也真的不怎么参加其他课程。她唯一还算过得去的科目就是手工。另外，她喜欢自己研究红石的机制。在一个末影人消失所需的时间内，我就想到了这些。奈莎的笑容变得更大了。

“就算我对在这里看到你并不感到意外，”她说，“不过毕竟考试就快到了！你需要帮助吗？”

“没错，”我叹了口气说，“你能不能用红石粉将我的大脑连接到一个开关上，然后将它关上呢？因为，一想到这些我就开始头疼。”

“别担心！”她咯咯笑了起来，“我刚开始时也是这样。事实上，我很高兴你能来这里！我要问你一些事情。”

“嗯？什么？”

“你对这个考试有什么安排吗？”

“我想到了一个和红石有关的东西，然后……就没有了，不算有。”

“我明白了。那要是我们做一场交易呢，嗯？我可以帮你，你也可以……帮回我。”

她说“帮我”的方式……可真是古怪，我觉得还是小心为妙。

我怎么能帮上她呢？我问自己。即使我可以教她战斗基础，她也不会连升几级追上别人，毕竟她排在最后……

无所谓了。我真的很需要她的帮助。这次考试我不能失败，毕竟我离目标那么近……更何况，她能要求的最糟糕的事又能怎样呢？让我做她那些实验的实验品吗？她或许想要知道，村民能不能让红石的信号通过？

我实在绝望了，我肯定会说好。给我通上电，按下开关吧！我准备好了！

“告诉我我要做些什么。”

“太好了！”她说这话的时候，笑容灿烂得就跟海面上的灯笼一样。“要不我们先去找点东西吃吧？这么说话真是累人，我的饥饿条都几乎清空了！”

星期天
更新八

这是第一次，我在一天之内吃两次雪糕。其实……从技术上来讲，是六次。因为奈莎不停地点新的。有谁能拒绝这么完美的雪糕球，每一颗都在冰雪当中包含着无限量的牛奶和糖？

小心：饥饿条过热！

（在这个世界，过量进食是有可能的，这会导致部分瘫痪：如果我们的饥饿条超过10，动作就会减缓10%。如果哪天人类做出了比萨，僵尸们必定能够在赛跑中赢过他们。）

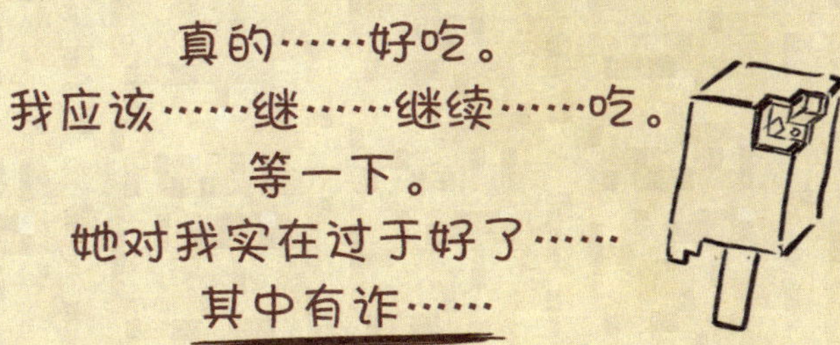

她对我提了超多的问题。埃洛布雷因长什么样子？你害怕吗？昨天你杀死了多少只僵尸？为什么你总在这个本上写啊写的？

还有，最后……

“其实，我想问你……是关于我的飞行器的。你听说过吗？”

“当然。”

我给她看我的日记。一张画着害羞的女孩和飞行器的小画。

“啊！我那时候还是挺害羞的，这倒是。我刚开始上学时，一个人也不认识！”

没错，她真的变了，我心里想。这有点儿古怪。她当时还是挺内敛的，而现在，她比一个充满了岩浆方块的游泳池还要沸腾、躁动。

“好吧，我打算为这场考试建造一架飞行器。”

再一次微笑，光芒四射。她的眼睛就像这样：

^^

她继续说道：“而且我还会把它借给你，给你和你的朋友，这样，你们就会赢得第一名，不是吗？”

吁呵咯咯?!
泥土药水?!
空中坏蛋三级?!曲奇方块?!西瓜傀儡?!
魔法土豆爬行者?!

我当然被震惊到了，脑袋里充满了这些没有任何意义的想法。如果我还在吃东西的话，我的嘴就会以焰火的速度往外喷射了。她说的是……她希望我们……她让我们用她的机器来参加这次的红石比赛?！

等等。等等等等等等等等等等等！这可是帮了天大的忙，不是吗？她是为了这个，才请我吃雪糕的吗？

她想骗我！她肯定就要提出一些超级疯狂的事情了！有可能是什么呢？她想要什么呢？这不重要了！她要什么我都给她！全都给她！

如果她问我怎么打败一只真正的僵尸，我就告诉她！我会给她表演一遍，怎么将它们变成一堆发霉的甜菜！我不知道怎样才算发霉，也不知道一只僵尸除了变成一团烟雾之外还能变成什么，不过，不管她想要什么我都会教她，以诺什之名，我都会办到的！

我脑子里同时想着所有这些东西。不过，真正的战士在这样的情况下是不会失去冷静的。一个战士的头脑应该和我手中的雪糕一样冰冷，一样平静，而且是用专业的双手造就的……有力而且柔软的双手，就好像蜘蛛网，需要好长好长的时间才能锻造出来，而且还要经历好几次失败……这样的双手会丢弃那些哪怕只是圆锥体外形有一点瑕疵的雪糕球，因为它不能成为像钻石那样光滑而完美的产品，以及具有一种被发现、被品尝的秘密能力……这种薄荷口味的能力，不管怎样，都是能够改变世界的。

呃……
没错。

我的想法差不多就是这些了。

所以，我带着稍微有些厌烦的神情看着奈莎。

“嗯，”我说，“好，我明白了……吁呵嗯嗯。非常有意思。”

“那么，你怎么说，米牛？你觉得我能做到吗？”

她在说什么呢？

我对她投去一个惊奇的目光，就好像一只骷髅出现在一个5个方块宽的无人小岛上。她在金合欢木的楼梯方块上往前走*（一张椅子）*，然后在围栏－毯子上面探过头来*（也叫桌子）*。

这个小白笑得那么开心，眼睛都快成小月亮了。

“我，奈莎·钻石，想要成为你的队伍的一员！”她说道，微微歪着头，笑容更加开朗了，“不过，我的朋友们都叫我洛拉！这是我的外号！”

成为——

我的——

队伍——

一员……？

“什吗”

你肯定注意到了这句话中问号的缺失，还有发出这个词语的古怪方式，它离经典的“什么？”或者是受惊的“什么?!”也都比较远。

这应该听上去像是一只绵羊发出的声音，不过，同时，这也比“我不明白”或者甚至是“我不敢相信自己的耳朵”的意思更加复杂。它的意思是：

“你把一块泥土方块放在我的脑袋上，因为我即将一跃而起，甚至将会穿破天空，即使万一我在天上碰到了基岩，我的速度那么惊人，肯定也会穿过它，我会以比拆礼物还要快的速度在虚空中遨游，速度快得让我在这个新的维度中也不会疼痛，既然我将是第一个到达的村民，这还是挺酷的。不过，我会缺少食物，那么我想成为第一个一下子吃下 100 块曲奇的人的计划也可能就泡汤了。”

没错！我心里想。没错，没错，没错！当然，你可以来！你当然可以加入队伍，我们会像合成了一只凋灵骷髅的两只骷髅那样。

哇！我又开始胡思乱想了。我真的该停下来了。好吧。北极圈，北极圈。我是冰雪，我是被冷风刮过的平原。

我挠了挠自己的脖子。

“对啊，为什么不呢。你可以加入。”

我装作不冷不热的。

“真不敢相信！”她用鼻子深吸了一口气，“谢谢！对不起，我只是有点儿……”她的幸福感那么强烈，几乎都要哭了。

“是啊，呃……这很正常。”

（老实说，我也想哭了，或者说想要创造一种新的材料：眼泪方块。）

“我有最后一个条件：我们得要每天都见面！”

“呃……好吧……”

“太好了！我们一定会玩得开心的！”

我不明白为什么她想那么经常地见我。不过，好吧，这也是交易的内容。这就复杂了，我不习惯每天都和这么……高兴的人在一起。而且这肯定要比训练她更困难。我在射箭的训练场上见过她。你还记得那一次，阿莉兹假装射失了靶子吗？嗯，那已经是奈莎的最好成绩了（*呃……总之……我说的是洛拉。这有点儿不太好适应*）。

我不想显得太凶狠，但我不过是说出了事实。她还从来没有战斗过。所以，即使由我来训练她，她的成绩也不会大幅提高。总之，如果这就是她想要的……只要她能在下一场考试中帮助我们！

所以，这就算是正式约定了。
我接纳她加入队伍。
我怎么能拒绝呢？
有了她，我们就不会输了！

星期天
更新九

我和奈莎 / 洛拉聊了好几个小时。然后，铁牙和布罗克出现了。他们看到我们在讨论，就做出一副刚刚遭受了 5 个点伤害的样子。不过，他们也很快就重新振作起来……就好像当我不存在一样。

“嗨，洛拉！”铁牙露出大大的笑容说道，“你还好吗？”

布罗克张开双臂，带着几乎同样开朗的笑容走了过来。

“好久不见了！”他说。

“没错！”洛拉说，“自从我在上一个考试中帮过你们一把之后，就再也没有你们的消息了！”

“对不起……”铁牙说，“我们一直都在忙。不过，现在好多了，我们就想，你会不会想和我们聊一聊，就我们 3 个人。”

布罗克用怀疑的目光看着我，然后将目光停留在洛拉身上。

“我们只是……想聊一聊。”

“事实上，我现在也挺忙的。不好意思！我有了一个超级好的想法，关于我正在研究的东西，我必须要回家了！”

“呃，等等！我们……”

“我们明天再讨论，好吗？”

她挥挥手就离开了库房。我看着这一对粗人，然后耸了耸肩膀。他们观察了我好长一段时间，然后也转身离开，在入口处停下来讨论什么。我蹲了下来，悄悄溜到门背后。我还在仓库里面，但我已经离得够近了，能听到他们的讨论。

“他抢在我们前面了！”铁牙说，“我真不敢相信！”

“或许她也同样打发了他呢？”

“或许吧……不过，要是我们发现他们在一起合作，我们就得要做点什么了。”

“我倒有一个想法……我们和其他人商量商量去。”

然后他们就走了。

这些家伙想找她帮忙，我心里想。我真走运！

我及时找到了她！

在确定他们已经走开之后，我出来了。我的脚步飞快，肯定在身后掀起了一连串尘土。我很快就忘记了铁牙。我跑去拍马斯托克家的大门，将事情都告诉了他。

“伙计，我们找到了一个红石的天才！一个天才！红石的！”

我和他说了那么多关于洛拉的事，他都开始觉得无聊了，宁可去看我的日记。

“伙计，你今天写得真够多的。昨天还有今天……你几乎写了 100 页！”

“我难过的时候就会写很多。”

“好吧，你也需要歇一会儿了，”他说，“我们去钓鱼吧。我刚才遇到了绿丽，她告诉我他们要去湖那边，她，她的父亲，还有一帮人类。”

吁呵呵呵！

他说得对。我最近写得实在太多了，有太多太多的细节。再这么下去，我的日记就会变成《村庄中发生的有趣的没趣的事件的记叙》。

我说了这个。她说了这个。我很生气。她很高兴。一头猪在村庄里闲逛！那头猪看了看四周！那头猪叫唤了！那头猪吃了我给它的一根胡萝卜，然后我们就变成了好哥们儿！那头猪高兴坏了！更新——那头猪走了！那头猪去哪里了？为什么猪离开了？为什么，小猪猪？

噗，还有好多别的东西要讲呢……比如关于这团云！对了，这团云，就在房顶上。它动了！来这边，云朵，我要记录下你的一举一动！它往东边去了，以每秒大约 5.7 个方块的速度。对不起。

我今天就写到这儿吧。我要去钓鱼。

吁呵呵呵！我怎么能放弃皮埃尔的鱼竿呢?!

面包粉魔法是什么东西?!

星期天

更新十

我在池塘边。我正在和绿丽、马斯托克、科尔伯特、阿历克斯、特雷沃3419一起钓鱼……周，那个老铁匠，就坐在我旁边。他刚才问我，能不能给他演示一下怎么用鱼竿。我没吭声，不过……他曾想在战斗中帮助我们。他就在前线后面，手里拿着一根鱼竿。他随意地放线，有时会碰到一些僵尸，这会给它们造成一点伤害，也会减缓它们的速度。不过，好吧，有时候，它也会碰到人类和村民，因为他不知道该怎么使用鱼竿。当鱼钩钩到绿丽的时候……

"对不起！"他喊道。

"吁呵嗯！"她盯着他说道，"下次你就瞄准自己的脑袋好了！"

有一个小村民从周的做法中得到灵感，也拿来了自己的钓鱼竿。有一次，他钩住了一只僵尸，他试着用尽全身的力气将鱼线卷起来，就好像找到了一颗钻石。那只僵尸飞了起来，掉到了弗雷兹的身上，他用剑将那只怪物推开了，然后那个怪物又重新过来攻击他。

"现在僵尸都能飞了？"

那可真好笑。

星期天
更新十一

我知道，我说过我今天不再写了，不过……

刚才还在马斯托克家上空的云，现在跑到池塘上空了。这是一团巨大的灰黑色的云，就像要下雨一样。不过，一点儿雨也没有。更何况，我刚才还看到这里头透出了光，就像闪电一样。不过，没有打雷。

又是一道闪电。

“真奇怪，这个天气。”我抛出我的鱼线，说道。

“你觉得这是要下暴雨啦？”周笑着说，“不是，那是他们！在战斗呢！”

“谁？”

“神哪，还能有谁？”

此后，我盯着天空看了好久。又一次，云朵中闪出红色、紫色和蓝色的光线。一堆人都看到了。

所有人都放下了自己的鱼竿，人类和村民站到了一起。他们真的在天上，正在战斗吗？这么久了？还会持续多久呢？

一阵冷风刮了起来。我看到绿丽凑近科尔伯特，她看起来吓坏了。我们所有人都开始整理自己的东西，准备回家，但绿丽和人类一起留在了湖边。

他们沉默地看着云朵。

星期天
更新十三

云团走了。它走远了，其他人也是。在回家的路上，我听到许多村民在讨论，他们都很害怕。总之，我没有时间想这个了。

我的敌人正在抓捕我……
我应该工作。
从这本关于红石的书开始。

星期一

今天早上，我在自己的床上醒来，脸上就盖着这本关于红石的书。昨天我读到第 3 页了……你们先别笑，我给你们看看这究竟是怎么回事。

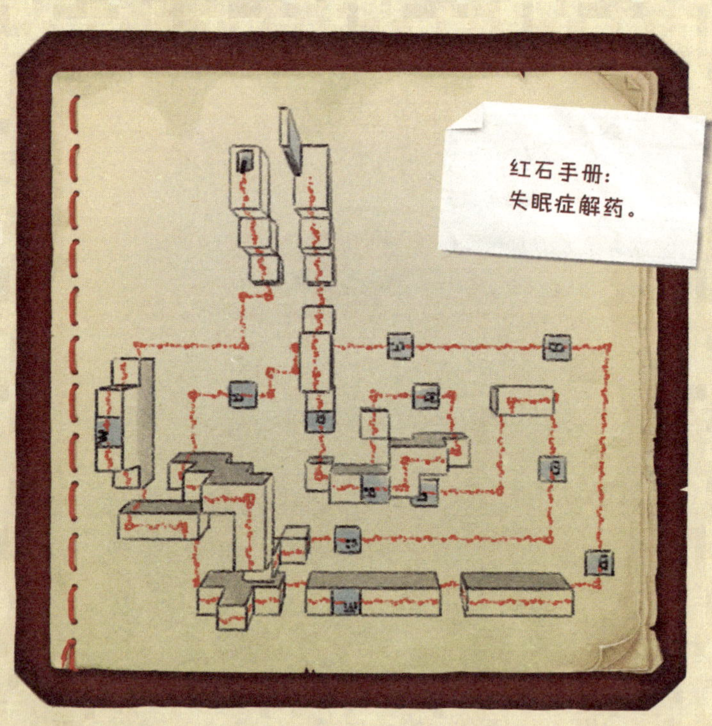

我起来了，将书拿开。最近发生了许多事，许多事。埃洛布雷因就在某个地方，在那儿，在外面，而且他集结了一支强大的军队。然后，人类也来了，他们开始争吵。皮埃尔闯了大祸，被村庄赶了出去。还有布里奥用考试来压榨我们。埃洛布雷因的怪物们随时都有可能出现，而我们甚至都不知道它们会长成什么样子，比如是僵尸 / 牛 / 铁傀儡的杂种。

总之，这是一个普通的星期一。

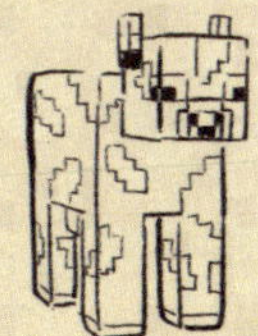

我该起来了，给自己弄点茶和曲奇。不过还是算了，我都不知道妈妈把花生豆藏在哪儿了……

我将一把麦子放在工作台上，用一桶牛奶送下了圆形面包。*（我回到房间里，给了杰罗一块圆形面包。它吃得比我还快。不是我说的！是它说的！我们哪天来一场比赛，我会让你看看我不是好惹的。）*

我当然也可以让我妈妈给我准备早餐，不过，我的父母都还在睡觉……他们工作越来越辛苦了。他们为我们的家庭做了太多，却从来没听他们抱怨过，我心里想。他们，才是真正的英雄。不是我。

我出了家门，来到昏暗而且飘着雨的街上。到处都是穿黑色罩衫的家伙。他们往井里看，往田野看，还会搜索过路人的清单，哪怕对方是老年村民或者小宝宝。在学校也是这样。刚到学校，搜身；你太频繁地看自己的清单，搜身。万一你带着的什么东西被从清单里搜出来，那就请诺什保佑你吧。马斯托克就遭殃了。昨天，他准备了几块曲奇，给它们加上了一些东西。这下好了，布里奥和他的同伙看到了曲奇，将马斯托克带到了一个昏暗无人的房间，审问了好几个小时。他走出来时，神情恐怖。因为在审问结束之后，他们做了一些恐怖的事，说不出来的事……他们居然……没收了曲奇。借着保护所有人安全的名义，他们居然偷走了称得上村庄有史以来最好的饮食发明。为什么呢？难道他们以为他在里面加了火药吗？噗……这是什么日子啊！

在药水课上，我都没办法集中精神。我们在下界的地狱疣已经有些不足了。卡纳糖老师就这个话题说个不停。(没错，我们在下界有一片地狱疣田，不然你以为我们一直以来都是怎么做到的呢？不过，那只是一小片田地，我们只有3块灵魂沙方块，我等下还会再提到它。)

我的脑子都飘到云里去了。我重新想起我和洛拉的讨论。不幸的是，我今天在学校没有见到她。她肯定是逃课继续开发她的机器去了，我想。慢慢地，我的脑子中有了这么一个想法：红石天才。我的信心大大地增强了。我都不知道课是怎么上完的。

午餐时，我将日记中最后一些内容给大家看了。

“真有趣……”绿丽说，“我不敢肯定我们能不能成功地训练好她，不过，还是值得一试。”

“不可能，”阿莉兹说，“哪怕末影龙的侧翼近在咫尺，她也碰不着它。训练不见得能帮上忙。”

（阿莉兹会说这样的话，听起来挺怪的。她读完我的日记后看起来是生气了，但我不太明白为什么。）

我看了一眼麦克斯，想看看他是怎么想的。他的脑袋一直埋在一本书里。我看到书名就笑了。《村民法则》。还是它，总是它。

“好了，我嘛，我还挺喜欢她的，”马斯托克说，“我以前也是一个小白呀。”

绿丽耸耸肩。

“她差一点就能把蹦比的年度小白奖抢走，不过好吧……她还算聪明，你们不觉得吗？”

“嘘，”我指着双重门说道，“我觉得她就要来了。”

洛拉刚刚走进了餐厅。她向我们打招呼，我们示意她过来。当她走近时，沉默降临了。

“哎，米牛！这些都是你的伙伴，是吗？你们好！我这样加入进来，没关系吧？”

听到她的话，我几乎觉得我们是一帮酷酷的小家伙了。好吧，这并没持续多久。

而且，这段时间以来，好多人都在崇拜阿莉兹。他们几乎不和她说话，但他们尊敬她，或者说他们……害怕她。对麦克斯也一样。一直以来他都多多少少算是学校里受欢迎的人，虽然我也不太明白为什么。然后还有马斯托克。他的思绪也飘远了，和我一样。他看着洛拉，然后拍了拍座椅。真是绅士！于是她就坐到了他旁边。

“我听说了药水课上的事。还好吗？”

“还好，没人受伤。”马斯托克说，“不过，我就那样笑了，我觉得有些歉疚。可我也没办法呀。卡纳糖老师在药水爆炸时的表情……”

“你的一瓶药水也爆炸了。”麦克斯说，眼睛都没有离开他的书。

马斯托克脸红了。

看来他还有一段路要走呢……

事实上，洛拉和我们在一起也不是一个那么坏的消息。哪怕她在红石方面的才华不那么高，我们也需要一个像她那样的人，高兴，乐观。

麦克斯更偏于消极。阿莉兹是封闭的。马斯托克一直都在抱怨。还有绿丽……她哪儿都有问题。我嘛，基本上，我心思焦虑，我生气愤怒。我也不太知道为什么，但一个欢乐的村民还是相对少见的。这或许是因为怪物们这么久以来对我们的攻击造成的。这对我们可没什么帮助。

所以，我的伙伴们都对新招进来的成员挺有好感，但问题是，这里不是只有我们。

洛拉坐下来几分钟后，铁牙和布罗克就出现了。

“嘿，洛拉！”铁牙说，“一直在忙吗？我们想和你聊一聊。”

布罗克做出一个悲伤的表情。

“对呀，吁呵呵呵。我们已经好几个星期没在一起玩儿了。你为什么忽略我们呢？”

洛拉的回答你一定能猜到……

“我？我忽略你们？你们肯定是把我和别人搞混了吧！我可是很喜欢和你们聊天哪！”

（叹气。）

“太好了！”铁牙说，“那下课之后？”

绿丽跳了起来，将我们的新伙伴锁抱在怀里。

“对不起，伙计们，她已经说了，她今天可是想要和我们一起玩儿呢。”

“嗯？”洛拉眨了眨眼睛，“我说过吗？”

“真好笑，”布罗克说，“我还不知道你们是伙伴呢。”

“我们这里所有人都是，”绿丽的语气就是在说“滚吧，这是我们的天才”，“不是吗？”

她将洛拉抱得更紧了一些，然后对她笑了。

“呃……对呀，当然啰！”^^

星期一

更新一

你还记得我之前说过绿丽是学校里最受欢迎的女孩子吗？嗯，我收回。真的。显然，现在这个头衔是洛拉的了。他们看到她和米牛队坐在一起，现在全世界都知道我们的打算了。而在这之前，所有人都把她忘记了，我之所以记起她也仅仅是因为我偶然遇见了她。别人看到了她和我们在一起，才猛然醒悟。这下，全世界的人都想做洛拉最好的朋友。所有人。就连蹦比也想……不再落在最后一名了。她一转眼就成了超级明星。她离开教室时，手上拿着满满的书，那些小家伙就会马上包围她，速度比牛包围主世界最后一点麦子还要快。

“你好洛拉，我刚才还正想到你呢！”

“吁呵呵呵！我给你买了一些东西！”

“很久不见了，不是吗？”

“你穿这条裙子真是太好看了！”

“我是你 BFF(*永远的最好朋友*)，你还记得吗？是的，你记得！”

“不，我才是她最好的朋友！你不是！”

“洛拉，别理这些家伙！你是想和我一起玩儿的！和我！”

“洛拉，我最好最好的朋友中最要好的……”

“你还记得你欠我一个人情吗？”

有些人更加直白："你愿意在下一次考试中帮我们吗？我们可以出钱。大价钱。"

她甚至还收到了一些惊人的条件：

"你看看我的清单！你想要的都拿去！什么都行！"

"你帮我这次考试，我就帮你所有的考试！"

然后，还有几个人不明就里！

"那个人是谁呀？不管怎么说，她真可爱！"

"那是一位新来的学生吗？！我可从来都没注意过她！"

那是我第一次看到洛拉收起了一点笑容。她还在笑着，不过是那种听到一个恶劣玩笑之后的反应。现在是时候行动了。米牛队在她身边形成了一个盾牌，就像那些保护一只爬行者的僵尸。马斯托克走在前头，已经准备好为了我们的新伙伴迎头碰上一颗火球。

"退后，小白们！她是我们的人！"

他们叫喊得更厉害了。他们一个踩着一个，尝试着给她东西，从钻石到魔法书。然后，我感到一只手落在我的肩膀上。那是铁牙。他狠狠地推了我一把。我站立不稳，撞到了一个外号叫泡泡的小家伙，他正拿着一堆绿宝石。于是，绿宝石飞得到处都是，它们掉落在石板上的声音……简直就像一只爬行者刚刚炸掉一面玻璃窗一样。所有人都转过身来看我们。四周寂静无声。

（除了有一颗绿宝石落在一块木板上，然后最终掉落，在地上

滚动。叮当……叮当……叮当……）

泡泡几乎就要……爆炸了。

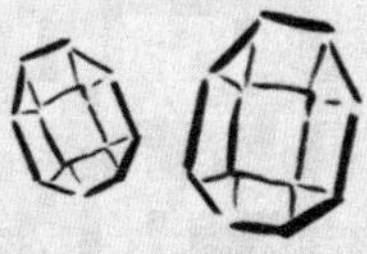

铁牙盯着我。

“吁呵呵呵！米牛，这么做可不行！她是我们的伙伴，不是你的！”

他的伙伴都在他旁边一字排开。布罗克、波尔塞皮克、斯特拉斯、沙布尔……甚至还有萨拉，既然皮埃尔队已经不存在了。

“大家都冷静！”麦克斯说，“我认为，洛拉已经足够成熟，可以做出她自己的选择。”

布罗克对她投去温情满满的目光。

“好啦，洛拉，你还记得我们在一起度过的美好时光吗？我们最初的那条线路！”

洛拉对他绽露的笑容如此闪亮，简直如太阳一般。

“对呀，我记得！那棒极了！”

“对呀，可不是。”布罗克也笑起来了，“那要是我们再做一个呢？我们已经是老朋友了！”

“对不起，我今天下午真的会很忙，我已经答应了和米牛一起工作。不过，今年年底过后，为什么不呢！”

哇。
哇。

他们已经察觉到了，这一番确认对他们来说犹如一记大棒。那些家伙们开始恐慌、叫喊、推搡……他们都向洛拉承诺了只有在地牢中才能获得的财富……

铁牙和布罗克实在气过头了，甚至将我抓了起来，关在一个箱子里。从箱子里的东西来判断，这箱子应该是蹦比的。

除了他谁还有这么小白兮兮的东西？这个家伙一点儿都不自爱！不过，我倒挺喜欢这条绿色的裤子……

“你们都在搞什么鬼？”我叫喊道。这不是一个双层保险柜！我是进不去的！如果你们要把我塞进柜子里，那就做该做的事，小白！皮埃尔会做得更好。一群业余的新手！我的伙伴来帮我了。他们推开了布罗克和铁牙，马斯托克帮我重新站了起来。

“让我摆脱这些吧，”洛拉嘟囔道，她的微笑回来了，“我不想参与任何这些东西。”

“当然，”绿丽低声说，“我们可以去我家。到了那儿，他们就不能打扰我们了。相信我。”

阿莉兹给了她们两人二级速度药水。

“我们迟一些和你们会合，”她在绿丽的耳边说，“喝光它。”

洛拉听从了，喝下了药水，绿丽也照做了，然后她俩消失得比马斯托克手中的蛋糕还要快。人群追着她们，就好像一群狼追在小兔子后头。

星期一
更新二

大厅重新变得安静了，甚至显得有些空荡荡的。

“那是我最后的速度药水，不过，这也是值得的。”阿莉兹耸耸肩膀说道。

“太糟糕了。”马斯托克说，“她让我觉得心里难受，她简直就是一个正在引起下界爆炸的小白！”

这时候，我注意到了远处的老师们，他们正在记录着什么。

麦克斯也看见了他们。

“我在想为什么他们什么都没做……这太奇怪了，不是吗？”

“我父亲的确应该阻止他们，”阿莉兹说，“你们没有注意到他们从刚才就开始看着我们吗？他有时候可是非常坏的。”

显然，布里奥也在那里，躲在其他老师身后。他的双手放在背后，一如以往，还戴上了太阳镜，挡住自己的眼睛，脸上挂着一个大大的笑容。

他向我们走过来，我们能听到他的黑曜石靴子踩在新的石地板上缓慢而沉重的脚步声。

“我想问你们一个问题，”他盯着我说道，“你们交了一位新朋友，是吗？”

“呃……是的……”我艰难地咽下一口吐沫说道，“正是这样。”

他摘下了墨镜。即使他的两只眼睛变成同一种颜色，和他女儿的眼睛相比也还是非常不同。当阿莉兹看着你的时候，会让你想到一种附了魔的温柔光芒，而布里奥的眼睛则更像末影人的眼睛。

“你们靠近她，只是因为你们喜欢她的为人而不是……出于一个……特殊的目的，是吗？”

哦见鬼！

为什么他要问我们这事儿？

他太狡猾了。他猜到了现在是怎么回事儿。

不过，我也确实很喜欢洛拉。她弄出来的动静比一个在水下缺氧的小白还要大，不过，在一群易怒而且好胜的家伙当中，这还是有好处的。

“那是我的朋友，”我说，“我们是在红石库房相遇的，她问我是否需要帮忙，我知道她是个特别酷的人。她在红石方面的才华……那是一个额外的奖励。”

“非常好，”布里奥说，“不过，你应该明白一件事情，那就是凡事都有代价。”

他重新戴上了墨镜，留下我思考他刚才说过的话。接着，他对我们笑了，尤其是对阿莉兹，然后，他吹着口哨，回去看其他老师了。

“他想说什么呢？”马斯托克说，“凡事都有代价。你父亲还能再神秘点儿吗？”

阿莉兹一脸尴尬。

“我的父亲很古怪。这些谜语般的提醒……我这辈子都摆脱不了。”

“那么，你应该知道他的话里暗含的意思，”我说，“我们会有麻烦吗？”

她耸耸肩。

“我不知道，而且我也不在乎。再看看吧。”

“事实上……”马斯托克用胳膊肘轻轻顶了一下阿莉兹说道，“你有没有问过他是怎么做到同时使用两把剑的？”

“没有。”

“呀，你得问问他！那太酷了！我想学！还有，那些黑曜石是从哪儿来的？！”

阿莉兹抬眼望天，长叹一声。

呼呵嗯嗯。

她今天也被气得不轻，尤其是当我们谈到她父亲的时候。还有昨天，她本来要和他商量一件事，我在想他们都说了什么。或许，他不同意她的请求？

呼呵嗯嗯，呼呵嗯嗯，呼呵嗯嗯。

米牛密探重操旧业！

事实上，弗雷兹密探已经获得了挺有用的信息……

密探行动报告

阿莉兹	109
米牛	106
绿丽	104
铁牙	102
奥菲利亚	101
布罗克	99
麦克斯	97
沙布尔	96
波尔塞皮克	94
斯特拉斯	92

阿莉兹和我一直排在前头，不过，铁牙开始追赶我们了。他是怎么做到这么快就提升等级的呢？至于奥菲利亚，我不太了解她。她很有礼貌，还有坚强的性格，也有许多才华。

她是一个模范学生。她想当队长，是为了她和她的朋友们不需要听命于一些像铁牙那样的人。她是女子力量队的队长，她们尤其专注于手工和农业。

好吧，我该停下来了。马斯托克生气了，因为我写得太慢了。我们还一直待在学校里，而他想让我们去绿丽的家里。我从来没进过她的房子里面。

那会是**什么样子**的呢……

星期一
更新三

哇哇哇哇哇哇哇哇！！！

这就是一只僵尸猪人被一块 TNT 方块炸开时发出的声音。

这也是一个名叫米牛的村民走进绿丽家的房子时发出的声音。

石英柱子。石英地板。活塞开启的铁门。室内泳池。还有女佣，到处都是。她们准备饭菜（中午和晚上），负责整理……还有绿丽的弟弟，开心果。

真的有人生活在这里吗？！

这不公平！一点儿都不公平！

总之，我老早就见过他们家的外部了。她的房子看起来非常宽敞，这是肯定的，不过，从里面看更加宽敞！我们整个下午都在一个教堂大小的大厅中聊天，绿丽却把它叫作“她的房间”。

别忘了，她的房间中还有一个浴室。如果说这个浴室当中还有它自己的浴室，浴室里头又还有浴室，如此一环套一环，那我也不会太意外的。为什么不呢？

管家会不时地过来看我们，给我们提供……冷饮。马斯托克可不会有尴尬的感觉。

“啊！你好，我的朋友。我想再要一杯西瓜汁，晚上泡澡时喝。”

“就这些吗，马斯托克先生？”他微微俯下身子说道。

麦克斯高兴地听说这座房子有一间书房，他在得到绿丽的许可后就跑去参观了。不过，阿莉兹可不是特别喜欢这个地方，她说这房子显得有点儿冰冷而且枯燥。

“有点儿像埃洛布雷因的实验室。”她对我低声说。

洛拉嘛……好吧……洛拉：“谢谢你邀请我！有一些真正的朋友实在酷毙了！”

“这没什么，”绿丽在红色棉布沙发上伸展着身子说道，“应该是我感谢你。”

“没错，米牛和我们说了，你是怎么直接提出要帮助我们的，”马斯托克说，“你们就这么遇见了也是挺好笑的，正巧在我们有需要的时候。”

洛拉走到窗户边，和我站在一起。

“这一点也不奇怪，”她说，“如果我们昨天没有碰见，那就会是在另一个时刻，因为我在找他。我一直想和他说一说。”

阿莉兹也走了过来。她看了看我，然后她的目光就飘到外面去了。

“为什么是他？”

“因为他可以训练我！我的战斗课分数只能算是刚入门的水平，这不是秘密！所以，我就对自己说，我们要做知识交换，有来有往嘛！”

“知识交换，是吗？”阿莉兹声音冰冷地说道，“就这样？他训练你，你和我们一起玩，然后你为了考试建造你的飞行器？”

“正好就是这么想的！你别担心，我们会取胜的！总有一天，我甚至能让它往不同的方向飞行呢！”

“不同的方向？”绿丽在沙发上坐了起来，“也就是说……呃……它不能掉头？”

“它可以，只是我需要更多的时间！”

“这不重要，”马斯托克说，“一架飞行器，怎么说都比铁牙想象出来的东西强，能不能掉头不重要。”

绿丽笑了。

“好吧。这家伙，就是一个方块脑袋。既然这样，那么事情就解决了。我们肯定能赢！”

我们还说了一堆别的事，但我都不太记得了。我们说到了皮埃尔……

我一直待在绿丽的房间写东西，其他人则在……吃钻石。不是啦，我开玩笑而已。显然，他父母的清单还不至于这么充实。

“呃！你觉得你的父母能给我们一些钻石吗？或者是魔法剑？”

“不是你以为的那样……”绿丽说，“我们是有一座大房子，不过，我们也不是在铺满绿宝石的水池里游泳啊。现在不是了。感谢战争！”

“我没明白。”马斯托克说。

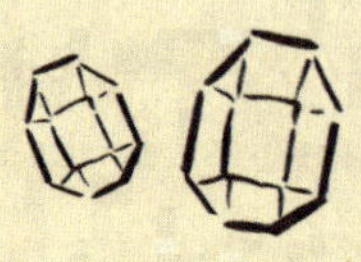

“伙计，这是一个长长的故事。不仅长而且唠叨。相信我，你不会想听的。”

“如果你家穷的话……你们怎么会有管家和护卫呢？”

“他们都是从另一个村庄逃过来的，我的父亲说服了村长让他们留下来。所以，他们就算是给我们还债，某种程度上。我不知道。”

吁呵呵呵。

所以，没有免费的钻石。照绿丽的说法，她的父母都身无分文，她的零花钱比我还少，这太荒唐了。我真后悔没有把皮埃尔的东西全部拿走！一把钻石剑哪！！！或许，我可以尝试转手卖掉这些石英方块……我猜这些多少能值点儿钱。

星期一
更新四

麦克斯终于从书房中出来了。他什么也没有说。有一些事让他感到烦恼。当我问他怎么回事儿时，他的神色变得阴沉起来。

“嗯，现在或者稍迟一些……”

他从自己的清单中拿出了一本成绩本，将它放在当作矮凳的红色棉花方块上。和所有的成绩本一样，它也闪着光，在学生名字和学生等级下面有一个成绩清单。不过，那上面的成绩都让人难以相信，而且，那个名字……是皮埃尔。

皮埃尔
学生
等级 157

挖矿课	371%
战斗课	268%
商贸课	112%
农业课	45%
建筑课	150%
手工课	32%

哇！我们可以将他的名字擦掉……然后换上我的名字吗？
——绿丽

在自首之前，皮埃尔将自己的成绩本也扔了。麦克斯看到了，在没人注意的情况下将它藏到了自己的清单里。真难以相信。皮埃尔，就在他被驱逐之前，已经成功地排名领先了。

这又让我想到，他在最后的几个星期是多么认真严肃。但我的想法很快就飘到别处去了。

也就是说，皮埃尔是某种意义上的超级村民，是吗？嗯嗯。我是多亏了斗篷，才可能打败他……

星期一 更新五

太阳落山前我们离开了绿丽家。麦克斯和马斯托克陪洛拉回家，至于我，我陪着阿莉兹。我们一路上都在聊天。

“你觉得皮埃尔会投靠埃洛布雷因吗？”她问道。

“我怎么知道。”

“你是和他来往最多的人了。”

我想了一分钟，然后回答道：“不，我不这么认为。”

“为什么不？”

“因为他在自首之前和我说过的话。”我说。

虽然他是有点儿疯，但他真的很在意村庄。他以为我是一个间谍……

“洛拉呢，你觉得她怎么样？”

“她挺酷的。你呢，你怎么看？”

“还好。我不会介意她和我们一起玩，虽然她是有点儿古怪。”

她对我做了一个手势，然后笑了。

“晚安。”她说。

“晚安。明天见。”

“嗯？”我想，“没有亲热？”

她最后看了我一眼，挥挥手，然后就消失在了屋子里。我感觉布里奥正在观察我，虽然我没看到他。

“一切都有代价。”我想。他是什么意思呢？

我也往家里走去。当太阳消失在地平线后，我就有一股恐惧感。在这个时候见到这种没有门的房子已经不足为怪了。

这不是一个疏忽，这只是一个受惊过度的村民。他在太阳下山之前把门拆了，用石板换上。

星期二

今天学校里的情况比昨天还要糟糕。沙布尔告诉洛拉，他想和她出去。她笑了。

“这是在开玩笑吗？”

“不是！真的，我……”

铃声打断了沙布尔。

洛拉在走出走廊前对他挥了挥手，而在走廊尽头又有两位崇拜者在等她，在她脚下堆起了一堆物品，我们还看到铁牙和布罗克跪下来求她。

“我们真的需要帮助！”他们说，“求求你了！”

“你们真蠢！不是只有我才知道怎么弄线路呀！你们想让我给你们介绍几个我的朋友吗？”

“你比他们都要好！他们连你的脚指头都比不上！”

“他可不是开玩笑的！史蒂夫在你旁边都会像个小白！”

“我真的是受宠若惊，我很想帮你们，不过……你们真的要等我完成飞行器才行。”

铁牙和布罗克还一直跪着，互相交换了一下眼神。他们看上去神情恐怖。他们背过身去，同时说道：

“飞行器?!”

“是呀！现在，请你们允许，我要走了。”^^

她穿过走廊，找到了我们，马斯托克和我。我的两位新对手用沸腾的岩浆方块一般的眼神死死盯着我。不过，我一点儿也不担心。一点儿也没有。

老实说，

他们还能把我怎么样，对吧？

星期二
更新一

吁呵呵呵。这里头还真是昏暗。所以，当一件物品就是这样吗？说到物品，我还在想，自己在哪里。我把火把都放哪里去了……

我真的不走运。这里头一股僵尸猪人的臭脚味儿！你知道吧，最后这肯定会用到他们身上的。不定哪一天，他们就会将我关在一个塞满了超级酷的玩意儿的箱子中。等等，我听到有声音，不过听不太清楚。要是我把耳朵贴紧……

“哦！阿莉兹你好，呃……你在这儿干吗呢？”

“米牛？嗯，我们没看见他。我还在想他去哪里了。”

“我们？哦！其实只要检查一下这个箱子，就能……呃……就能确保……呃……他还是撑得住的。”

“对呀！爬行者轻易就能将箱子炸开。谨慎点儿从来没错！”

“呃！不过你这是……哎呀！你弄疼我了！”

“你疯了！你等着瞧吧，等我爸知道了你做的事！呃！你冷静点儿！真对不起！我不是有意要这么说的！”

“伙计，我们走吧！”

……

呵哩呵。

我终于出来了。

“洛拉想让我们下课后一起去看看机器。你来吗？”

我问完这个问题时，看到了她眼中的失望。她咬着嘴唇，摇摇头。

“我和绿丽说了，今天我和她一起去挖矿。我们要锻炼。”

“真的吗？好吧，没关系。”

“对不起。”

“嗯。”

也就是说，她们在为了明天的考试锻炼。考试。这个原本被皮埃尔家搞坏了的考试。虽然皮埃尔已经出局了，我还是猜想，他的父亲会不会想报仇……如果史蒂夫在，我肯定会去问他的建议……就比如说，人类的一个秘密小策略。那科尔伯特呢？最近一段时间以来他已经证明了自己。不过，他目前非常繁忙，他在试着训练胆小鬼们，那些脑袋里幻想着比萨的穿铁甲的末影宝宝！

除此之外，有几个人类组建了一个叫作爬行者末日组合的新团体，他们扬言要离开村庄，以他们自己的方式来做事。

好吧。这应该就是全部了。

现在，到了去看这个著名机器的时刻了。

星期二
更新二

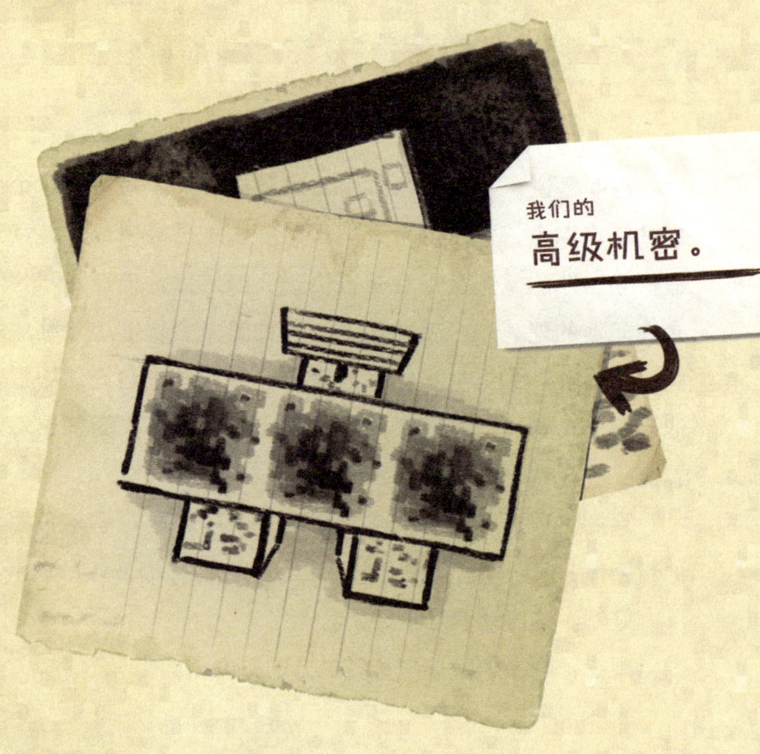

一块史莱姆方块在空中飘荡。然后洛拉将另外两块也放了上去，排成了 3×1 的形式。接着，她将 3 个黏性活塞粘在

史莱姆方块上，两个粘在一边，另一个则粘在反面。她将一道开关放在最后一道活塞上，最后又在史莱姆方块上放了一层红石方块。

她用手背擦了擦汗。

“说说看，你觉得怎么样？”

“这……就没啦？你完成了？”

“对呀。这看起来很简单，但我可是花了好几个星期才想到该怎么做的。”

呃……

我差点儿笑了出来。

如果说这个是一台飞行器，那么我也是一个。只要告诉我明天的挖矿考试取消了，我马上就能飞得比这玩意儿还要高。

接下来，我就开始忧虑了。现在该轮到我笑了，就好像我刚读完那些好笑的书，比如《哞哞牛历险记》。

“那好吧，不过……翅膀在哪儿呢？”

这是我第一次看到她似乎受伤了的表情。

她拿起了一把石镐，然后开始拍那块木板。

“等等！”我大喊道，“我在开玩笑哪！是个玩笑！”

她还在继续拍，继续拍，直到把那块木板拍碎。

一下子，那些活塞就启动了，在绿色史莱姆方块上前后移动。

在巨大的吱嘎声和乒乓声中，这个机器浮了起来，然后开始在仓库中飞行。它遇到墙时会停下来，但活塞还一直在活动。洛拉往机器跑去，手里拿着镐，收回了红石能量的来源，将机器停了下来。哇！这似乎没什么大不了的，不过，毕竟，今天，我看到一堆方块自己动起来了。

“秘密，在于史莱姆方块，”洛拉说，“它们有非常奇特的特质。而且它们和黏性活塞有特殊的关系。”

“我还一直在研究多向功能！这肯定还会更好！”

“不过，就算没有多向功能，我们在比赛中肯定也会碾压其他人。”

“没错。这次考试我们会赢的！”

“真是太好了！”她露出一个超大的笑容说道，“等你成了队长，我们就一起去经历传奇的冒险！”

我好像被一道闪电劈中。

我们一起去经历传奇的冒险。

传奇冒险。

我们。

……

……

有些事情不对劲。好像在暴风雨来临前一朵宁静而有威胁感的云朵飘浮在空中。我不知道她的准确意思是什么，不过我能感受到她说的话的分量，恐怖的分量。我尝试着保持冷静。洛拉则好像没有受到什么干扰。

“米牛，我都说什么了？我以为你想要当队长？”

“好吧……我也不是那么确定。”

“才不是呢！我知道！发完证书之后，我就会被放到你的队伍中，因为我们是朋友啊！”

“什……什么？”

“呃！这是什么表情？你一直都知道！铁牙真是一个烂人！就好像我想和他合作似的！不，对我来说，你是唯一的选择！”

“可是……你这是什么意思？”

“哎呀，我说，你不会一点儿都没猜到吧？我打算选择执剑之道，那是一定的啰！米牛，我想当一名女战士！至于你，你将是我的队长！”

我当时就好像被冰冻住了。我变成铁傀儡了。对，我是金属做的。没有情感。

一名女战士。她想做……一名女战士。

“就好像……女战士的那种女战士？就是那种会拿剑、会拉弓、能承受别人的连续攻击，又懂得避开着火的僵尸，是这样的吗？”

“哦！不用一下子就说得这么厉害！”她笑了，“就好像战士天生就都会这些似的。”

她难道是认真的吗？
这不可能。不可能！

我又陷入了怎样的麻烦当中?!

我刚才还高兴着呢，可现在……

既然我们是伙伴，如果我成了队长，他们肯定就会将她安排在我的队伍中！她对战斗一窍不通，她毫无用处！这就是说，我得要监视着她！我要负责她的生命！

“一切都有代价。”现在我明白你的意思了，老家伙小白！她能让我赢得下一场考试，可代价是什么?

“我不能对你承诺任何东西，”我说，“你对外面的世界一点儿经验都没有而且……”

“你不需要担心！我每天都在训练！我以前是一个小白，这没错！不过，我已经提高了好多啦！我保证！”^^

她说的话没能让我放心多少。不到一个星期以前，我看到她的训练了……她对着一个假人操练。她的剑都飞起来了，飞得那么远，都能和老帅相提并论了。

“给我看一下你的成绩本。”我用稍微有些冰冷的语气说道。

“当然！”

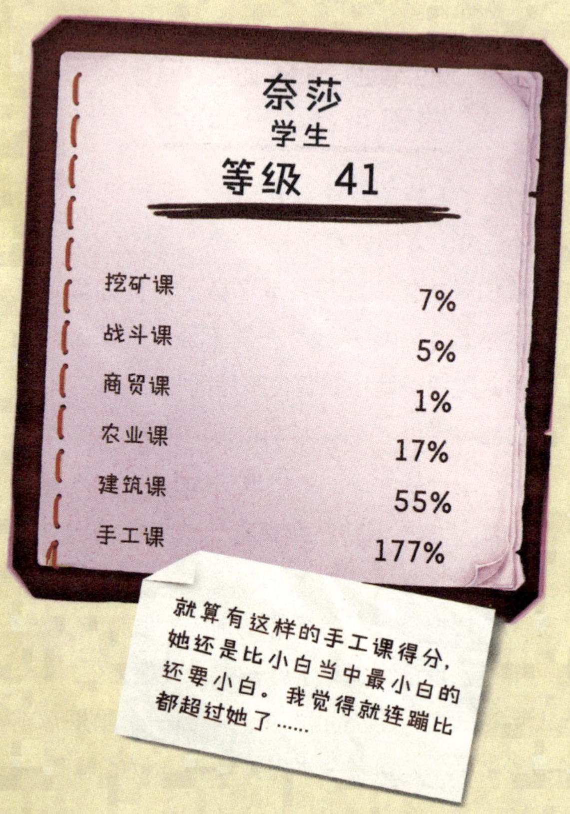

“你看到了吧？我提高了！”^^

“是的，呃……我看到了。不过，我还是不能向你承诺任何东西。我这么说是为了你好。”

“你真蠢！别跟我开玩笑了！你已经保证过了！哦！这一定会好玩极了！我们要经历好多令人难以置信的冒险了！”

“不，这不会发生！”我爆发了，“你知道吗，这真的太不公平了！我当时只想着训练你！你之前没和我说过这个！”

“至于我，我想让你来训练我，就是为了不让你们放弃！”她对我敬了一个军礼。

“洛拉战士，第一侦察团，请指挥！”

然后，她的脸上绽开了笑容。

“这真是太酷了，你不觉得吗？而且，你看我制作的这张卡片，它现在是白色的，不过等到了外面你就会看到了！”

她除了想当一名女战士，还想做侦察兵?!就是说她会走出村庄？就是说离开围墙的安全范围？就是说她疯了?!这段时间我都要负责她！我应该监视她的一举一动！如果发生了任何差错，那都是因为我！

北极圈！

北极圈！

冰凉而结晶的雪！

冰凉而清纯的空气！

对呀，好吧，

哪怕在北极圈也可能找到岩浆湖呀！

吁呵呵呵呵咯咯咯咯咯咯咯咯咯咯咯咯咯咯咯咯咯咯咯咯咯咯！！！

星期三

我不知道怎么摆脱这样的困局，所以我一整天都在躲着洛拉。总之，我试过了。不过，这多少有些不太可能。

我想摆脱她并非是因为我不喜欢她。我挺喜欢她。她挺酷的。

她不会往坏处想。有时候，她能让我笑。这不过是因为……我被缠住了。

这复杂得很。

我来给你解释。

她厌倦了红石，所以，她想当一名女战士。而且显然，我们在这方面是有点儿能力的，马斯托克和我。这也没错，在我们刚开始上课时，我们可是对应了小白的每一条定义，我们都只对吃蛋糕特别有天分，再没有其他的了。不过……我们都有一个梦想，我们想要拿起剑，保卫我们的村庄。所以，我们倾尽全力。而且这也还是很困难，我们每天都要费好大的力气。

我们经历了失败，就像经历了胜利一样。我们改变了。我们提高了。这段时间，洛拉看到两个小白以闪电的速度提高了等级，她看到我们和麦克斯成了好朋友，而麦克斯是最有头脑的学生中的一位。她甚至见证了我超过皮埃尔，他当时还被视为最好的学生，甚至是一位英雄。然后，她还见证了我们后来的冒险。现在，她也想经历这些，虽然这也就是说，她要像我们那样受苦受累。

现在，她有一个梦想。我们或许不能阻止她想要实现它。不管别人说什么或者做什么，她都会打开这个箱子，然后从中拿出一把剑，自信而坚定地举在自己的头顶上。我们会给她指派一位队长。皮尔斯说过，他会将朋友们安排在一起，这么一来，她就会和我在同一支队伍。她会将我们置于险境！她迟早都会犯错的……

我也可以非常坏，这是当然。让她待在自己的角落。我们对着她叫骂，直到她再也不想和我做朋友。不过，好吧，到那个时候，又会发生什么呢？

她还是会选择执剑之道，然后她会落到另一个人的手下。铁牙或者布罗克，或者甚至是沙布尔。如果是这样，那她就真的遭殃了。这些潜在的队长几乎都和皮埃尔一样……就比如我在不久前发现的事情。

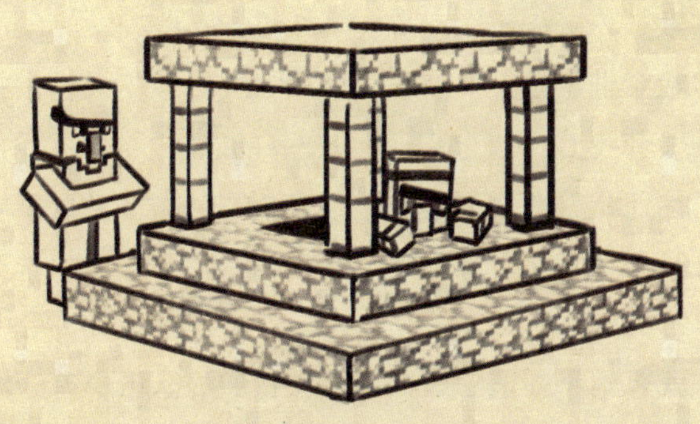

他们会利用她，像奴隶那样对待她。在战斗中，他们会将她派往前线，他们才不在乎她会遇上什么呢……

如果是因为我将她抛弃了，她才去和这些人在一起，我能想象到自己该有多么愧疚。我还能睡得着吗？更何况，如果我抛弃了我们的友谊，她就有可能将她的飞行器计划告诉别人，那时我就会输掉红石考试，而且我也永远都当不上队长了。

我开始头疼了。

而且我还是觉得红石线路好复杂呀……

星期三
更新一

我和米牛队的成员在喷泉边上吃了午饭。我对他们解释了和洛拉的情况，然后我放心了，他们让我明白，这也不是那么严重。

“我会训练她，”阿莉兹说，“虽然她不会在一夜之间变成摧毁者战士，不过情况总会变好的。”

“你还记得我们以前用木棍来攻击长得高的野草吗？”马斯托克也回应了，“她是不是小白我们不在乎！毕竟她也要有自己的机会！”

“就算她不知道怎么战斗，在我们的队伍中有一位红石专家也会有好处，”麦克斯回答说，“更何况，她的手工课得分比所有人都高，这可真厉害！”

“我，我会说：我们接收她！”绿丽确定道，“我们可以给她一把弓，然后让她离得远远的，然后我们就可以从地上捡起那些箭，然后对她说：‘哇！你射得真准！’”

这时候，我看到洛拉走了过来。她看起来自信满满，而且还拿着一些奇怪的头盔。

“你们看，我做了什么！”

她告诉我们，她发现了新的制作方法。

这些头盔看起来像是矿工用的。它们有一种特殊的魔法叫作电筒，几乎类似于在我们的头盔上带着一把火把。她还为我们做了衣服，它们看上去和人类的衣服挺像的，而且还有(一级或者二级)防火魔法，另外，靴子也有一级减缓摔落魔法，这样我们就不用那么害怕岩浆了，下落时也不会受到那么重的伤害。还有，她还将它们都涂成了橙色，这样在夜里我们就能更加容易地找到对方。

“你的服装呢？”麦克斯问。

“哦！我没有那么多材料给自己再做一套了，”洛拉说，“不过没关系！这都是给你们的！”

“你太好了！”绿丽将她抱在怀里说道，“非常感谢。”

“我刚才说什么来着？”马斯托克对我使了一个眼色说道。

好吧，我刚才是太慌张了，但这显然也是有理由的。我还想着洛拉会成为一个负担，一个累赘。可事实却是她为我们接下来的考试制作了超级实用的物品，那可是到目前为止我们遇到过的最复杂的考试。

好了，午休时间结束了，我们很快就要开始了。

祝我好运吧。

星期三
更新二

穿着这样的服装，我们几乎和人类一样。女孩子们的裤子各不一样，洛拉说，人类管它叫“短裤”，而且还经常穿。

人类……这就好像他们侵入了我们的村庄。首先，他们用天才的想法感染了我们，而现在，我们还穿上了他们的服装？接下来还会怎样？科尔伯特当村长？如果哪天有人发现了如何制作比萨……我们的村庄就会有天翻地覆的变化！

可我还是得说，这些服装还是挺酷的。如果上衣和裤子都是蓝色的，那我几乎就和史蒂夫一样了。在我们各自的清单中，每人有两把镐（*一把铁的和一把金的*）和一把金锹。我们的铁镐都有一级或者二级的速度，也就是说，我们的手臂会在我们的工具损耗之前就承受不住了。还有金子的工具……对它我就不加评论了，大家都看到了，它们在某些情境下是有用的。谢谢，科尔伯特。

我们还有牛奶桶和水桶，一堆火把和食物，一级治愈药水……

总之，我们全副武装。我们是终极矿工。如果有人搞鬼，将一块石头方块放在你的门口，就让我们来摆平它吧。

事实上，铁牙在几分钟之前就注意到了我们的着装，而且他还叫我们“小白矿工”。我觉得他是在嫉妒。不过，他对洛拉已经一点儿热情都没有了，真奇怪。他一句话都没和她说。这是为什么呢?

好吧，我们还要等几个学生，然后就可以开始了。布里奥和皮尔斯向我们反复强调了基本的安全指令。

吁呵呵咯。

考试就在这里举行。他们叫它井。这是矿工们使用的主

隧道。哇！我们要用上隧道了。这真疯狂。我忍不住想到了67号隧道，和它所有的那些警告标识……

矿工们还设下了陷阱，这也是考试的一部分。通常而言，这都不是太危险的陷阱，除非皮埃尔的父亲设下了一些实在吓人的东西，比如……岩浆。谁知道呢？

在这些隧道中，或许会有蓝蜘蛛，它们生活在废弃的隧道中，不过，或许它们这么做也是有道理的？因为，毕竟如果蓝蜘蛛挪窝了，它们可以去征服地表了，那么我们说的主世界就成了被抛弃的主世界了。如果有人在平原上的某个地方遇到一只蓝蜘蛛，所有的村民都会收拾好行李，移居到下界去，这是肯定的。而如果僵尸猪人把我们赶出去，那么我们就去末路之地好了。如果末影人赶我们走，我就不知道会发生什么了，但我几乎可以肯定，我们中的一些人会尝试移居到虚空界去。不过，你别担心，我自己已经将牛奶桶放在手边了，只要听到一丁点儿的咝咕哩呵，我的出手速度会比一个小白抓蓝色鸡蛋还要快，他还以为那是一颗钻石呢。我还锻炼过将我的镐换成牛奶桶，光速一般。每次我这么做，都会发出轻微的让人满意的声音，就像一把剑划破空气……

呼呼！呼呼，牛奶！呼呼，镐！呼呼，牛奶！呼呼，镐！

别人几乎看不清我手里拿着的物品。呼呼！呼呼！忍者的速度！太厉害了。

我可没有开玩笑。任何蓝蜘蛛都不会让我害怕！只要在黑暗中见到两只红眼睛，我能在 0.000 1 秒之内将整桶牛奶喝下去，然后这只蓝蜘蛛就只会是一只普通的蜘蛛了！

绿丽看到了我的训练。

“伙计，为什么你老是将你的镐换成桶呀？你就不能停止这个声音吗？”

“这是一个……呃……一项技术。没错。一项技术。”

“噗，算了吧。”

考试的规则还是挺简单的，只要收集够 50 个有价值的东西……所以，不管是哪种金属都行，哪怕是青金石或煤炭都可以。

好了，最后来的学生都已经到了。

等我回来时我就会回来的。

星期三
更新三

每支队伍都会有不同的隧道。我们在自己的隧道中不断前行，其他人的脚步声和叫喊声渐渐减弱。我们走呀走，却找不到任何金属，什么也没有。矿工们将所有东西都挖走了。

接着，我们的隧道到了尽头。从我们面前这道裁切好的石墙看来，它被关闭了。还有一块木板：

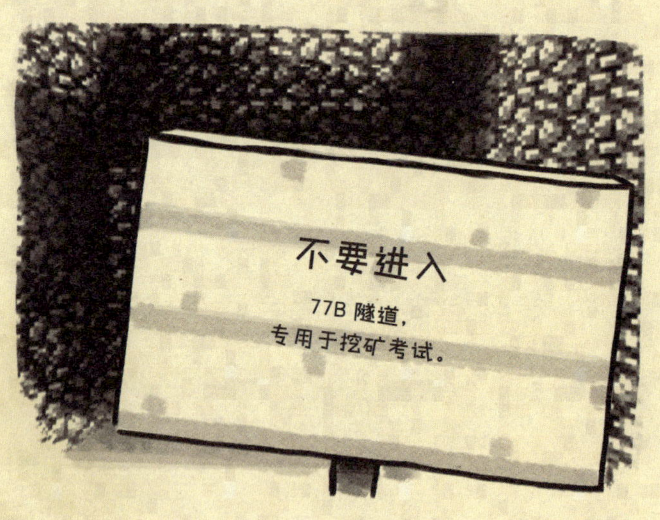

马斯托克用脚踢翻了它。

“哎！看这个！背面有东西！”

（没错，在我们的世界中是有鸟的。科尔伯特第一次见到它时就偷走了一块。飞行方块就是带翅膀的毛茸茸的方块。想象一下……一只没有头的鸡。总体而言，就是这样的。）

“这应该是某种密码，”我说，“矿工的地堡。”

这意味着“危险”，或者恰恰相反，说明这个隧道是没有风险的。皮埃尔应该会知道。

马斯托克看了看周围，眼睛眨巴着。

“这让我想起了67号隧道！我在想，他的父亲会不会设下了陷阱。不过，或许在这堵墙背后有好多有价值的东西呢！”

“我有一种不好的预感，”阿莉兹说，“我们或许应该试试另一条隧道。”

“这样不行吧？”绿丽朝着墙壁走了一步，说道，“我们甚至还不知道这个词的意思是什么。这条隧道也应该是通向另一条的。”

“她说的对，”麦克斯说，“我们没有时间可以等了。”

“我们走吧！”

“我有一个想法！”洛拉兴奋不已地说道，“我们可以投票。”

没错。阿莉兹和我，只有我们俩想折返回去。到了最后，我们都落到了……一个洞穴中。它一分为二，所以我们决定分头行动。

“要不你和绿丽、洛拉一起？”阿莉兹说。

我看到她的目光正在对我说：

“你得保证她们不要做太小白的事。”

星期三

更新四

离开了分岔口后，绿丽就找了一堆的借口，走在我们身后。洛拉可没有停下来，她甚至还一边小小地跳跃着，一边将火把对着所有的墙壁看一看。她可不害怕。当一只蝙蝠在她头上飞过去的时候，她就将它抓住，抚摸它的脑袋。

嗞咕哩咳，嗞咕哩咳。

“太可爱了，不是吗？”

“呃，恶心。”绿丽说道，然后在一面墙壁前停了下来。

呃……

有一种等级是小白等级，而在这之下就是……洛拉等级。

“我会用我的镐来收获矿石！”洛拉说。我和绿丽互相交换了一下眼神，脸上都没有任何表情。

哦！你想用一把镐来收获矿石？我心里想。你确定吗？我倒是提议用我们自己的额头来采矿石吧！我会回来的，只要走到那边的角落去，用上我的腿！我们一句话也没说，收获了 8 块煤炭。接着，我们继续探索这个洞穴，越来越深……我的一只眼睛留意着这两个女孩，同时又全神贯注地聆听着哪怕最小的一点响声。我们刚找到另一条煤炭的矿脉，洛拉就疯狂地扑了上去。如果可以给矿物方块来一记致命一击，她早就那么做了。绿丽因为这些煤炭的灰尘打了个喷嚏，声音在所有的墙面上回荡，然后就消失了。一片宁静。我们全神贯注地盯着墙面，火把微弱的光照亮着周围。只有我们几个人，被彻底的寂静和数不清的方块包围着，还有一道黑乎乎的墙，在我们面前 10 个方块远的地方。

空气中飘浮着偏执狂和幽闭恐惧症的气息。但与此同时，我们又感觉到一种自由。凭我们的镐，我们可以到任何地方去。四周笼罩着那么一种惊奇和神秘的感觉，而我们这 3 个矿工正在朝着未知挖掘……

这种感受是由绿丽完美总结出来的，她轻轻地喘着气，手中拿着镐，全身都布满了灰尘和汗水，但她的双眼依然闪着亮光盯着洞穴，就像宝石一般。这应该能让她高兴起来。

“走吧，”洛拉说，“我们可能会找到绿宝石呢，然后我们就可以用它们换一些很酷的玩意儿了！”

“用绿宝石来买一些很酷的东西？”绿丽在她背后说道，“你确定吗？换了是我，我会把它们留起来，买一座沙滩上的房子。”

星期三
更新五

我们在短短 30 分钟之内就找到了一堆东西。我们开始得很顺利，非常非常顺利，简直太顺利了。

我们不管三七二十一地挖着。我们往前掘进。接着，洛拉还真的找到了绿宝石。

在洞穴里不会有这样的墙壁。它太完美，太平整了……就好像有个村民刚刚建造的。还有这些好像胡乱分布在墙面上的绿宝石……这都太简单了。我对自己说，这是一个陷阱。在这道墙背后应该有一个惊喜，我在想。但洛拉既是一位村民又是一位小白，看到主世界最宝贵的石头终究没能忍住。

当然，我也很想要这些绿宝石。它们几乎正在对我们招手。我不停地想着。

来吧，凿几下，这又能有什么风险呢？它们好像在这么说着。你就是为了这个来的，不是吗？这里一下，那里一下……这也没有什么大不了的。

我试着要过去阻止洛拉，可这一切都发生得太快了……

第一块石头方块被取下来后，上面的所有方块都落了下

来，水就冲了出来。在这道墙的背后有一块水方块，它弄出了无穷无尽的水流。通常来说这也不会太严重，或许只会让我的曲奇泡了一点水。就好像这能阻止我吃掉它们似的！不幸的是，我们所处的地方正巧是洞穴中微微倾斜的部位，所以，水流就将我们推到了隧道的最低处，席卷了所有的火把。水流将我们带往隧道的最底端，直到将我们冲向一道瀑布。

我们都不知道它会通往哪里。

这叫作旋涡陷阱，我在对抗怪物课上听说过。一旦水流将你卷走，你就很难再出去了。洞穴的这一部分已经故意被

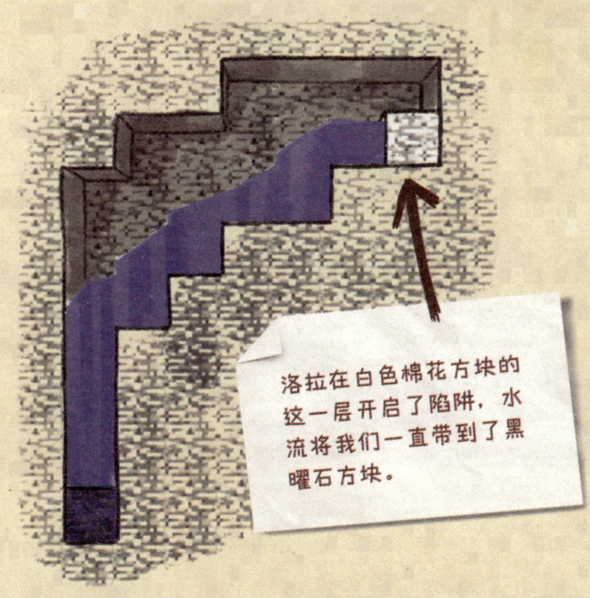

修改成了这个陷阱！皮埃尔的父亲应该是在几个星期前，甚至几个月前修建了它。真的吗，这个家庭的所有成员都疯了吗?！你可以想想现在的情境。想想。就比如，一切都好：你看到了一些矿石。你用镐去凿岩石。你高兴。然后，突然，哗啦，你就被卷入一道激流当中。没有光亮。也许有时你能吸上一口气。当你浮上水面，一只蝙蝠的翅膀就会迎面打在你的脸上。而且，你也不知道怪物会不会在你的附近出现，

就好像《主世界底两万里的恐怖》。

星期三
更新六

这场考试的第 1 名：

女子力量队，

领队是奥菲利亚！

第 2 名：

僵尸朋克队，

领队是铁牙！

密探行动报告

奥菲利亚	116
铁牙	112
阿莉兹	111
米牛	108
布罗克	108
绿丽	106
沙布尔	106
波尔赛皮克	104
斯特拉斯	102
麦克斯	99

铁牙超过我了?! 我排第4！这种感觉不好，非常不好……

好吧，我们今天没发挥好，发生了一点小麻烦。我们在挖矿考试中排名第5。真是太失败了。

一开始，所有人都生洛拉的气，对我就更是如此了。我是一个糟糕的保姆。

更何况，是我答应让她和我们一起的。不过，马斯托克说这也是他们的错。阿莉兹和绿丽去训练的时候本可以带上洛拉的。

“照顾她是我们所有人的工作，”他说，“而且我们要确保她不做任何小白的事情。”

所以，下课之后，我们都去了公园，手里拿着剑。

明天就是战斗考试了，从现在开始，我们要把她训练成砍杀僵尸的机器。好吧，理论上是这样。可实际上，事情并不是这么发生的。

我们在那里耗了好几个小时。我们给了她一堆建议。她本可以，比如说，锻炼上千次的剑术，可她的战斗课分数却一分都没有提高!

“好了，我拿好剑了！开始吧！”

“她的血管中流着小白的血。”阿莉兹说。

我们什么都改变不了。所有人都有强项和弱项，必须要接受它。我们想用扔雪球来训练她，可我们一个雪球都没有。村庄里的雪球都是由一只雪傀儡制作的，而这只雪傀儡被村长关起来藏在某个地方了。

星期四

事情的发展越来越糟糕……

因为洛拉，阿莉兹最近都变得有些古怪了。现在我明白了。当然，对此她全否认了，她就是这样。她会隐藏自己，很少说出她的感受。不过，我感觉到有些事情不太对劲……

这究竟是怎么回事儿？难道洛拉对我的喜欢……超过了一般意义上的喜欢？我不相信。我们是伙伴，仅此而已。不是吗？

这真好笑。在我所经历过的所有考验中，这显然是最困难的。对付怪物跟这比起来简直太容易了，种一朵巨型蘑菇、挖一条壕沟，或者把箭射出去，问题就解决了。

不过，这个……不一样。太复杂了。这个答案永远都不会太容易。我宁愿从来没有遇到她。这是我昨天对自己说过的，而今天，在战斗课考试中又再次确认了这一点。

当她对我提出她要帮助我时，我几乎是盲目的。也就是说，我只看到了自己能够从中受益的地方，却没有考虑过她想要的东西。我只看到了她在红石方面的才能，却从来没有思考过将她带入队伍中的灾难性后果……

当我同意成为她的朋友时，我就将我们的命运联系在一起了。

她成了我的责任，我的难题。现在，战斗考试的第一部分已经结束了。

冰雪比赛将会在一刻钟之后开始。

星期四

更新一

冰雪比赛是一场年度赛事，我之前已经说过了，我们用天球来比赛。规则相对简单：每支队伍都有一个跑手，留在自己队伍所属平台的石墙背后，跑手的任务就是避免被打入水中（由另一支队伍发出雪球）。其他人都是守卫，他们站在平台的前面，负责保护跑手，同时还得向对方的跑手扔雪球。

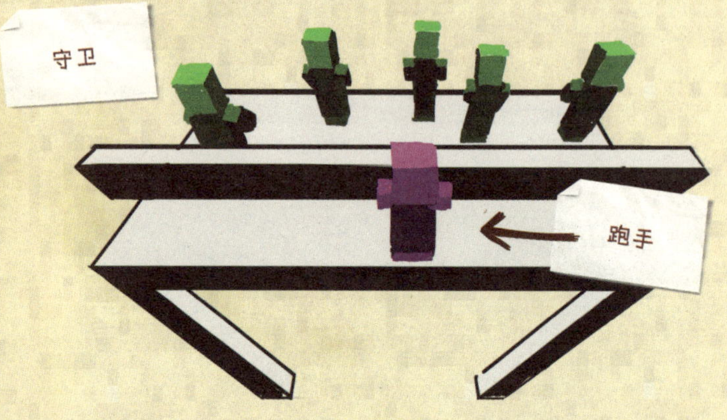

如果有一方的跑手掉下水，比赛就结束了，那支队伍就输了。不幸的是，这次布里奥修改了一下规则。

“今年，将由我来决定每支队伍中的跑手。”

我感到他正在盯着我看。他对我笑了。没错。你觉得他选中了谁当我们队伍的跑手？比如说，我们的天球队中最重要的成员？谁？是谁？

洛拉。

而且布里奥还笑个不停。这让他开心得不得了。总的来说，这局面倒还没有那么严重。我们要面对的是一支小白队伍（传奇的明星球员：蹦比和泡泡）。我们只要保护好她就是了。我会挡住所有的投射物，直到自己变成一只雪傀儡。我们所有人都可以得到一瓶一级再生药水。这倒不是说雪球会让我们受多重的伤，但布里奥为了以防万一还是给了我们。

我们的比赛就要开始了，所以，呃……

星期四

更新二

显然，泡泡是天球的冠军。他或许是排名第 145 位，可一旦他站在平台上就成了王者。他跳来跳去，旋转翻身，躲开我们的攻击，而且他扔雪球的力量惊人，雪球飞得几乎比箭还要快。

米什没做什么事，不过，他也不怎么需要，因为他的体型那么庞大（*两块方块的高度，一块半方块的宽度*）。我们比不上。毕竟，洛拉是我们的跑手……而且阿莉兹从来没有扔过雪球。

只要我们留在洛拉的面前，就好了。可后来，泡泡往天上扔了一颗雪球。洛拉就没怎么移动过，她压根儿没有注意到在她上方 5 个方块高处的那颗雪球。

没有任何方法能够替她挡住。她应该挪动。我想提醒她，却有一颗雪球向我迎面砸来。等我转过身去，又被两颗雪球砸中了脑后。我勉强能抽出时间做的，就是看着洛拉抬起头去看天上，半秒钟之后她就被雪球迎面砸中。

星期四
更新三

……最后一名是致命小猫队，领队米牛。

现在，所有人都生我的气了。

奥菲利亚遥遥领先了我们。她是她们队伍中唯一有这样分数的人，其他人都在 90 分左右。她超过了所有人。如果他们不是因为这个生气，那就是因为铁牙的烂臭队伍的所有成员都超过了我们。

密探行动报告

奥菲利亚	135
铁牙	127
布罗克	123
沙布尔	121
波尔赛皮克	119
斯特拉斯	117
阿莉兹	111
米牛	108
绿丽	106
麦克斯	99

阿莉兹是第 7 名，我是第 8 名。可至少我们两人中的任何一个得要到达第 5 名。我实在是太生气了，写东西都变得困难起来。这是怎么发生的？我们怎么可能在天球比赛中输给一支小白队伍呢?！我们在第一场比赛中就被踢出去了！他们至少能让我们赢一下，不是吗?！

我要去砍树。

星期五

这下好了，洛拉毁了我们的两次考试，不过，她会追上来的。红石考试，她的出现就是为了这个。

虽然我们在排名上丢了几名，但一切都还说不准呢。等她揭晓她的杰作，我们的排名就会重新提升了。布里奥会看到这个天才之作，他的眼睛会放光，眼珠会变得和末影珍珠那么胖，米牛队会重新跃升至排名的前列，就好像一只喝了二级跳跃药水的史莱姆跳上了史莱姆方块。

星期五
更新一

洛拉在所有人面前揭晓了她的发明。史莱姆方块，红石方块，黏性活塞，木板。一开始，所有人都惊呆了。科尔伯特也在场，和绿丽一起，他说洛拉的发明让他想起了工业革命。

“你知道这是什么意思吗?！”他对阿历克斯和特雷沃3419说，“这个机器能够颠覆世界！”

“我们会马上介入，队长！”阿历克斯说。

“我们会用上我们最好的人手！”特雷沃3419说。

然后，僵尸朋克队也揭晓了他们的发明。我想，这些小白还能下出什么样的蛋来。

不管怎么说，他们都不可能打败我们。

布里奥和几个老师将包裹着发明的棉花方块一块一块地取下来。你知道那是什么吗？你能想到吗？

没错。

一架飞行器。

有史莱姆方块、红石方块，还有黏性活塞……他们将它修改了一下，为了不和洛拉的机器一模一样，不过……好吧。

那么女子力量队呢？一架飞行器！

事实上，每支队伍都建造了一架飞行器！嗯嗯嗯呵。

哎哟喂。这就好像所有人都有了同一个概念。这太奇怪了。非常神秘。这是怎样的巧合呀……

我还在想，为什么这些机器全都采用了同一种运作模式呢。铁牙和布罗克在库房中偷看了……他们也不全傻。那个笨蛋，是我，因为我没有想到要告诉洛拉在一个秘密的地方建造飞行器……

我的排名上升了几个级别，和所有人一样，因此，排名没有变动……

这下完了。一切都完了。我的梦想破碎了。最后一门考试在星期一。

我肯定，
这次我也照样能够成功地原地踏步，
就像所有其他几次那样……

星期六

昨天晚上，我做了一个噩梦。在梦里所有的场景中，洛拉都处在危险之中。

这一切都是一个糟糕决定的后果。我当时太自私了，而且我还贪得无厌。现在，我受到了惩罚。我无法将事情摆平。阿莉兹生我的气，而且我永远都不能当队长了。

非常好。
我放弃。

我甚至连战斗都不想参加了……

星期天

昨天晚上，我做了同样的噩梦。过了一会儿，噩梦停止了，一切都变得十分昏暗，然后……

就好像嫌我的噩梦还不够似的，现在我还得听这个骨头脑袋的粗声粗气。

"骨头脑袋?!

"连续3次考试失败的人又不是我！呃，对不起！哎，别呀！别关闭你的思维，小家伙！

“我不会叫你救我了！有人已经救了我了！

“别这么看着它们，它们不是怪物！

“好吧，它们是怪物，我也是，我是一只怪物，不过！我们和其他怪物不一样！我们建造了整整一座城市！一座善良怪物的城市，躲开那些坏怪物！

“我向你介绍伊布斯。它不会咬人的，我保证！还有，在我后面的是克莱德。它们都是很善良的！

“好吧，我没有多少时间了。我想告诉你……你以为你自己知道一堆事情，米牛，其实你啥都不知道。这个世界是广阔的，小家伙。你连一点概念都没有。而且如果你只关在你的迷你村庄中，你要怎么才能有这样的想法？你还什么都没见过呢！只要你可以，你就应该出去，探索这个世界！有那么多的事要学！那么多的事要看！这就是我想和你说的所有事情了。来看我们！寻找塔多思！那就是我！我们准备去和那个双眼发光的古怪家伙战斗了……

“哦！还有最后一件事，米牛……如果你做不成队长，这也不重要。你已经是一名战士了！你的作为和你的内心才是重要的，而不是那些愚蠢的考试！不要露出那么惊讶的表情。皮埃尔都知道了，虽然他有点儿疯疯癫癫的！”

我醒了过来，全身都是汗。

我做梦了吗，还是说……

阿莉兹也做了同样的梦。这太令人难以置信了，可是……一只怪物真的成功地和我们进行沟通了。还有一件奇怪的事，阿莉兹对我说过，末影人是可以控制梦的，可她没说凋灵骷髅也可以做到。或许它用了一件魔法物品？麦克斯对我说过，末影人懂得制造好多东西，其中一些人甚至就是巫师。看来，我得和他一起多做一些研究。

总之，我真的不想离开村庄。为什么我要那么做呢？要是塔多思跑去烦洛拉怎么样？她可以去拜访它，然后他们就成了世界上最好的朋友中的最好的朋友。

呃！

这也就是说，皮埃尔还一直活着?!

他还有了一匹马?!

星期一

大日子到了。我在餐厅中，和其他学生一起。我们所有人都为最后一场考试在努力准备……必须要将我们打算报复怪物们的想法都写下来。所有人都将自己的作业准时交上去了。我们等待着结果。他们也要有自己的时间……裁决还是挺艰难的。我们或许用的词语不一样，可是我们当中大部分人的想法都是一样的。

洛拉还一直和我们在一起，比之前还高兴。

我觉得我们应该烧了怪物们的森林。

—— 马斯托克·金笔

在我看来，最有效的报复手段将会是：在他们的森林中放火。我们的努力是微不足道的，所以，这是干扰它们计划的非常有效的手段。

——阿莉兹

第一步：

走到它们的森林边上

第二步：

用打火石

第三步：

给我一个 A^{++}

——绿丽·地影

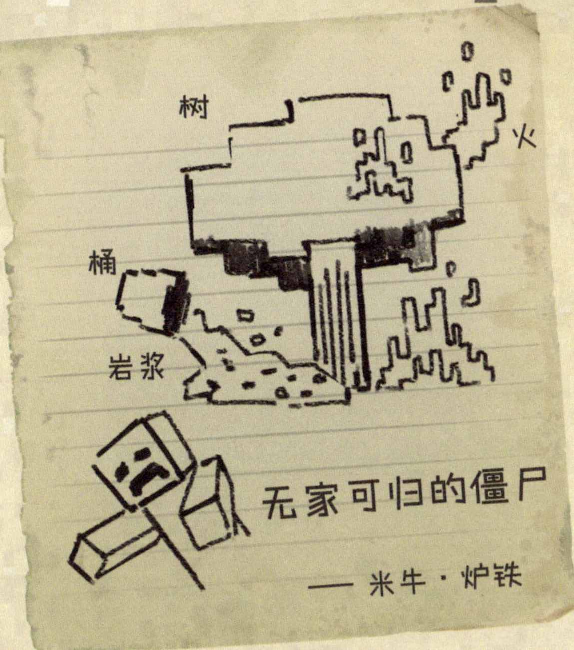

纸杯蛋糕的制作非常复杂。我们要用到糖、面包、鸡蛋、牛奶和染色剂。我非常喜欢纸杯蛋糕。好酷。每天我起床时，我都会问自己可以吃下多少个纸杯蛋糕。

（这个，是麦克斯的作业。他甚至都没有签名。我觉得他放弃了。）

我决定不再生她的气了。

这都是我的错。

（我需要说明她是最后一个交作业的吗？）

“我想了好久！”她对我说，“我觉得我有一个超级棒的想法！你想知道吗？”

“不了，谢谢。”我说，连一眼都没看她的作业。

我想，她肯定是打算在平静中摆脱那些怪物们……比如用花朵。不，我对此一点儿都不好奇。我的朋友们也是。阿莉兹一整天都没和小白小姐说过一句话。好吧，我会再回来的，我要继续去搞砸另一场考试了，不然我的失败就永远称不上圆满。

等我回来更新吧，
带着许多愤怒、许多泪水，
还有许多的吁呵呵咯咯咯咯。

星期一

更新一

蛋糕圈?!

发酵的镐?!

对抗南瓜五级保护魔法?!

鼓掌……脑袋……

噼里啪啦哄!

星期一

更新二

星期一
更新三

星期一
更新四

星期一

更新五

星期一
更新六
啊

星期一

更新七

星期一

更新八

星期一
更新九

星期一
更新十
咯

星期一
更新十一

土……土豆……？

我……我……我喜欢……

土……土……土……土……土……土豆？

星期一
更新十二

（这是阿莉兹写的。）

米牛试着要在他的日记里写点儿东西，不过他是做不到了。我觉得，他受到了巨大的打击……我可以详细地把它叙述出来，但我选择了不那么做。我之所以写这些，不过是为了让他停止记录那些荒唐的东西。

米牛，如果你读到这些……对不起，可我读了几页你的日记。没错，我是忌妒洛拉。你们在一起的时间那么多。我希望你会原谅我。我的行为像个小女孩。再一次地，对不起。

真的希望能够通晓红石的阿莉兹……

星期一
更新十三

我是绿丽。

伙计，米牛就好像是断线了。老实说，我也差不多了。我想说的是……发生什么了？我无法相信！不过，好吧，我还没像恐慌的米牛那样不知所措。他绕着战斗训练场一边跑一边喊已经有 15 分钟了。呃……没错，在这里写东西真不好意思。我看到阿莉兹那么做了，我就想，要是我也这么做那该多好玩儿。

洛拉非常酷，其实。我现在明白了。

等我们不那么忙了，我们俩就一起去购物。我们会前所未有地交换东西！然后，她还要给我做一条裙子，还有那种她称之为凉鞋的特殊靴子！

哇！
我等不及了！
这些人类的服装真是太可爱了！

星期一
更新十四

喵！我是洛拉！^______^

我只是想告诉你，你把你的日记本落在餐厅了！阿莉兹、绿丽和我都给你写了一点小东西！哇！我已经感觉自己成了一个女战士，把她所有的想法和情感都记录下来了！太酷了！

没错，我这段时间总是出一点小差错，不过，我们就是这样学习的，不是吗？

总之，我想告诉你，我不是你认为的那么小白！别担心，米牛！我们会成功的，我们一起！

=<^.^>=

一只高兴的小猫
只是为了你！

~~亲，洛拉~~

（PS：我不是非常确定“亲”是什么意思，不过，我看到一些人类这么写，我就想，在这里也写一个肯定挺酷的！）

星期一
更新十五

亲爱的日记本：

为什么所有人都在这里写东西呢？这是最近流行的吗？所以，这就成了官方的了，马斯托克·金笔，也就是我，是官方的酷。

没错。好吧。在最后一场考试中，发生了一件好笑的事。既然米牛写不了，我打算在这里说出来，可阿莉兹和绿丽都说我不应该那么做。

等等。
她们正看着别处呢。
所以，事情是这样的……

星期一
更新十六

米牛：

告诉你一声，我从马斯托克手中把你的日记本抢回来了。这是你的日记本，除了你，别人都不应该在这里写东西。

不过，我只是想告诉你，对刚才发生的事，我和你一样震惊。

麦克斯·白云

星期一
更新十七

没错！
我偷了米牛的日记本！
我从麦克斯那里偷走了它，这个小白！
我在他的大鼻子底下将日记本偷走了！

然后，我就在走廊里跑！这真是太棒了！

就像上次我从一个人类那里偷到了一颗钻石那样！

这下好了，那些穿黑衣服的人来找我了。噗……他们总是在我的背后……他们这是什么毛病?！就因为我有一天骗了一个小白，是吗？如果他管理绿宝石时那么无能，那就证明他配不上这么多绿宝石！

是时候告诉他们，为什么大家都说我是最狡猾的村民了，嘿！嘿！

回见！

铁牙，你最爱的村民

星期一
更新十八

我正躲在仓库里。我把他们甩掉了！他们从我面前走过，却没有看见我！好吧，我要把这玩意儿藏到别的地方去，我不想被人逮到在我的清单中有这本书。哦！还有最后一件事，米牛：你或许赶上我了，可还有最后的考试呢！等你们都栽了跟头，你们当中没有一个人可以当队长，你那一整支烂队伍就会听命于我，我会让你们擦鞋，直到鞋子像钻石那么闪闪发光。尤其是绿丽这个小臭虫！

敬上。

铁牙，世界上最酷的村民，

地牢的勇敢探索者

星期一

更新十九

呃……现在写东西的是蹦比。这本日记本怎么跑到我的清单里来了？我得声明，我可没有偷！不过，好吧，既然这样，我就写写吧。我非常伤心，因为我是最后一名。第 150 名。就连洛拉都超过了我。还有泡泡！泡泡！这可不妙。我在想，他们还会让我成为一名战士吗？或许我可以加入米牛队。

呃！可这是米牛的日记？哇！可不是嘛！我真是太走运了！米牛，如果你看到了这条信息，等毕业之后，我真的想要加入你的队伍。求你了！求你了！求你了！我会倾尽我所能！

呜噗斯。似乎大家都在为最后的考试做准备。我得走了。

我是蹦比。

拜。

星期一
更新二十

官方通知

这本日记本由政务局收缴。由于该物品的多处修改，它被视为怪异和未知的物品，需要对它的危险程度做出评估。

除此之外，这个物品还包含有隐秘信息，我们不能让它落入敌人手中。

在评估过后，该物品将会被归还给它的所有人米牛·炉铁。

布里奥，村民学校主任

星期二

官方通知

由于存在多处篡改，评估过程超出了预计的时间。此外，在某些段落中，对村长的描写使用了负面词汇，这可能有损我们伟大领袖的形象。

因此，政务局目前应该做出裁决，是否将该物品放入岩浆焚化炉即刻销毁，并且它的所有人将以适宜的方式受到训斥。

在评估过后，该物品将会被归还给它的所有人米牛·炉铁。

斯拉普，副主任

（在该日记中被称为“黑衣人”

“粗人”，甚至“方块脑袋”的人）

星期二
更新一

官方通知

经由本函，我宣布用以称呼我们村庄的官方名称：镇－村。

此外，这本日记中不以美好的形容词描述我本人的段落，都被认定为虚假写作。

镇－村的村长

星期二
更新二

我，米牛·炉铁，经由本文，正式宣布日记中将村长描述为小白的段落是虚假的。

鉴于它们可能损害村长的形象，我同意停止描写同类的虚构事件。

最后，我将会在星期二下午到学校的厨房准备各种以土豆为原材料的菜肴。

米牛·炉铁

星期三

终于。

终于！

布里奥归还了我的日记。黑衣人们检查了两天，明确它的内容不会“对村庄的安全造成直接威胁”。好吧，有些段落带有高级机密的信息，不过，怪物们没有半点机会能够碰到我的日记本。我会把本子中的每一页都吞下肚去，以避免此类情况发生。我说到就能做到，相信我。

好了好了，总之！你想知道星期一发生了什么?!

只要一想到它，我就马上变得无法淡……

淡定！

星期一
闪回一

所以，就是这样，我们当时都在餐厅里等着。洛拉拿她的想法来烦我，我让她自己走开了。整个米牛队都讨厌她了。他们也都讨厌我了。甚至，他们连自己都讨厌了！可不是嘛，我们努力工作，我们锻炼自己，我们学习，我们冒险，结果发生了什么?！铁牙，这个卑鄙的人！他偷走了洛拉的想法！他偷了她的想法，别的小家伙都听说了，于是一下子，所有人都有了飞行器！

我就坐在那里等候着，陷入沉思。然后，村长拿着一沓试卷出来了。

“我们将会宣布最后一场考试的胜出者。”他说。

“遗憾的是，你们几乎所有人的想法都一样，”布里奥说，“这么一来，所有的队伍都得分一致，除了一个人。”

好多学生都在嘟囔。我们所有人都有同样的想法，然后呢?！这是一个好想法呀！什么？他们居然不想放火烧怪物们的森林?！一天，我看到一只僵尸站在树底下，一脸的狡诈。

哦！你看看，它肯定在和自己说：太阳光都照不到我！我们真是狡猾！我们就在你们家旁边种了一大片森林，我们整天都可以安然无恙地在这里散步！必须把它烧了！没有比这更有效的报仇方式了。不过，好吧，显然不是这么回事儿。

不管是怎么回事儿，那应该是一个非常狡猾的人才能想到的主意……

哦不！我想到了。不可能！不能是……

铁牙?!他会胜出?!

村长将试卷都放下，手上只拿着一张纸。

“没错，这份作业脱颖而出。好吧，当然还有另一份脱颖而出的，说到了纸杯蛋糕，不过……因为那张试卷上没有名字，所以我们就把它扔了。”

他将手上的纸递给布里奥，布里奥喊道：“这次考试胜出的是……奈莎·钻石！哦，这里写到，你更喜欢别人叫你洛拉。来吧，上台来。”

嘣！

人群就好像火药桶那样爆炸了（*麦克斯在一本旧书中发现了这个物品……显然，它的爆炸威力比高压爬行者还要强大*）。

谁能相信呢?!洛拉赢了?!像她那样的小白怎么能有这么天才的想法呢?

她叫了一声，然后就跑上台去了，就好像一只史莱姆吃下了一整堆的糖。她站在布里奥身旁，笑容灿烂得能把一只僵尸点着。

“我们赞赏钻石小姐的想法，”村长说，“优雅，完满，美妙……这个想法所表现出来的创造性，正是我们急需的……”

我突然想起来，以前我也是这样的。我是一个小白，想要证明自己。我从来没有向一个陌生人求助。我本来可以找到自己的想法。难道我变得懒惰了？或者说，只是我太焦虑了？

总之，洛拉赢了。

密探行动报告

奥菲利亚	137
铁牙	128
布罗克	124
沙布尔	122
波尔赛皮克	120
阿莉兹	119
斯特拉斯	118
米牛	116
绿丽	114
麦克斯	107

我就是在这里断线的。

我想，我们的排名还是没变，但我们还是差了几个级别！如果我们在考试的第二部分表现得好，和阿莉兹一起，我们就会闯入前5名！哪怕只有阿莉兹自己成了队长，那也可以！只要她想，我就给她准备早餐……

我离开了餐厅，开始用尽全力绕着战斗训练场边跑边喊。也是在这个时候，我的朋友们在我的日记本上留言了，铁牙还把它偷去写了一些蠢话……但首先，我才是最狡猾的，不是他！

30分钟后，
所有学生都聚在一起，
共同实施洛拉的计划，
名字叫作……

星期一
闪回二

这是一个既有趣又超级好玩的村庄。当然啰，不是吗？

世界上最好玩的东西：唱片播放机上的蛋糕。

说到能跳舞、放超大声的音乐和吃蛋糕的地方，哪里还比得上我们这个离昏暗而且恐怖的森林不到 30 个方块远的欢乐村庄呢？

没错。

我们为了派对建起了一个空间。这里真可爱，不是吗?

不过，尽管这个地方看起来那么欢乐，这个花香四溢的地方……隐藏了一个可怕的秘密。

在这些亮闪闪的表面，玫瑰色玻璃方块，玫瑰花丛，海洋灯笼的底下，藏着……

经过我们个性化改造的TNT山。

想法如下：我们在欢乐园地上跳舞，我们尽情欢笑……怪物们讨厌像欢乐园地那样的可爱的地方，更加 1 000 倍地讨厌欢乐的村民……所以，我们就等着它们来袭击我们。

然后，在它们进入之前，我们就点燃一块 TNT 方块，逃跑，然后就再会了僵尸们！***（然后，我肯定会给自己弄杯茶。）***

事情真的如计划般进行了。绿丽在点唱机中放入几张唱片，音乐就响了起来。麦克斯、马斯托克和其他几个人都站到了屋顶上，还跳起了舞。

“我真的太高兴啦！”马斯托克大声喊道，他还边说边像个小恶魔那样跳着。“怪物们不来打扰我们了，真是酷呀！我们玩得真开心！”

其余的人就开始在下面跳舞。

奇怪的是，我没看见洛拉，在我们刚开始建造欢乐园地的时候，她就消失了。这令阿莉兹很高兴。她走近我，羞涩地问我：“你会跳舞吗？”

“不算会。我……呃……从来都没有时间学。”

“我也不会。你想一起试一试吗？”

“好呀，这挺好笑的，我们应该找一天试试。”

“为什么不是现在呢？”

这就好像一道闪电迎头劈来。
跳舞?!现在?!
我可是一点儿也不会跳舞呀!

幸好，怪物们，这些绅士们，替我解围了。我们看到黑压压的一支僵尸军队从森林中出来了。虽然，它们所有人都戴着头盔。

正是在这个时候，我们的计划落空了。因为我们的安全规则非常严，只有几个学生有权力使用打火石……比如蹦比、泡泡和米什。老师们将打火石给了他们，只是为了让他们能有点儿事可做。他们就是那群犯下了建筑错误的小白中的人，所以，没人想把建造的任务交给他们，或是更关键的摆放 TNT 的任务。

呃……这些家伙逃跑了。他们看到僵尸大军，每个僵尸头顶上都是反着光的头盔，他们就逃命去了。他们这一走，我们就不能点燃 TNT 了。

我们要撤退然后准备战斗了。

我们回到村子，眼睁睁地看着僵尸们将欢乐园地捣了个稀巴烂。它们先从点唱机开始，然后是蛋糕、玫瑰玻璃、灯笼……

洛拉的想法几乎算失败了。

接着，我们听到了她的声音：“你们似乎忘记了几个计划的细节，不过这不重要，我来接手吧！”

她就站在人群之外，在一个安置在地面上的杠杆旁。从杠杆延伸出去长长的一条……红石粉线路。

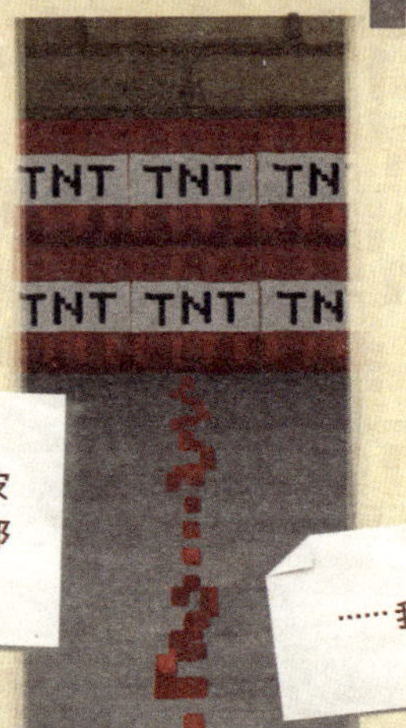
但她蕴藏着一种别人都没有的力量……
我对她的判断，正如皮埃尔对我的判断。在那个时刻，我知道……
……我错了。
TNT TNT TN
TNT TNT TN

呵哩呵。

星期三

欢乐园地的方块都在爆炸中消失了……还有所有的怪物。因为是洛拉想出来的办法，因为是她组装了这个帮我们摆脱了超过300只僵尸的红石线路，因为她是我们队伍中的一员……

密探行动报告

奥菲利亚	137
阿莉兹	129
铁牙	128
米牛	126
绿丽	125
布罗克	124
沙布尔	122
波尔赛皮克	120
斯特拉斯	118
麦克斯	117

爆炸形成的洞穴还成了我们的村庄和森林之间的无怪物之地。

哇！这些爆炸真是太神奇了！我还以为要用打火石呢！最后，逃跑的那些都是小白！

第一波爆炸还将未爆的 TNT 抛撒得到处都是。如果我们用一颗打火石来引发这个陷阱，那么所有的方块都会在爆炸中一起消失。

这样一个计划的实施是需要思考和时间的，不过，红石在战斗中是有用的。我就不能不再把什么东西都理解错误吗，嗯？

星期四

我从一开始就做了正确的决定。

错误的决定或许就是在最后的考试之前将她从队伍中踢出去。

* * *

正确的决定，就是相信她，正如我的朋友和我的家人相信我那样。

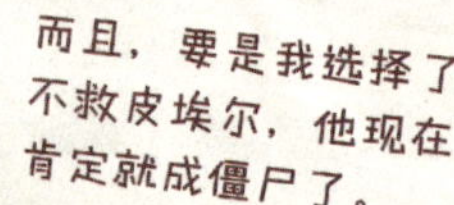

而且，要是我选择了不救皮埃尔，他现在肯定就成僵尸了。

现在，我还有一
个选择要做。

虽然选项的数目众多……
但我感觉我只能有一个选择……
钻石之道！

星期五

我在很久以前开始写日记，怀揣着一个目标。当时，这是一个可笑的小小梦想，似乎遥不可及。我刚到村民成年的年纪，还只会耕种。现在，我的清单中已经有一把钻石剑，在我的斗篷上有一颗钻石胸针，还有一条就在眼前的钻石之道。

这是一场梦……还是事实呢？

我快写不下去了……我再一次忍住了眼泪方块。与此同时……还有那么多东西在等着我。比如：人类。他们是怎么来到这里的？他们能回家去吗？是不是还有更多的人类，被困在我们的世界了？还有这些奇怪的梦……谁是塔多思、克莱德和伊布斯？这只猫真是一只怪物吗？真的存在善良的怪物吗？还有悬在所有人头上的威胁……双眼放光的人。村民、人类和善良的怪物们真的能够联合对抗他吗？哪怕将来是不确定的，有一件事我却很肯定：我们会继续战斗。不管怎样，我们都会找到解决的办法。我们总会出去，到有许多人生活过的地方探索，不管那些是村民还是僵尸猪人。这些地方都有他们留下的知识，而我们必须要将它们找回来。有了这些知识，我们就能造出黑曜石剑、红石机器、魔法箭、火药桶，还有能够抵抗怪物攻击的盔甲，哪怕是最强悍的那些怪物……那些本应该只存在于传说中的怪物，如果它们再次来侵扰我们的土地……

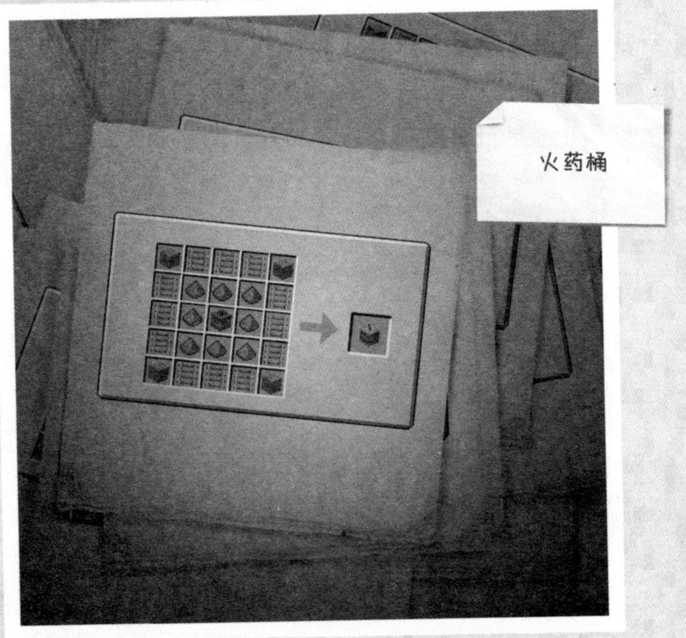

星期五 更新一

今天早上，阿莉兹问我想不想陪她去公园。我们在一棵树下坐了下来，我还以为我们要在草地上野餐，她却从清单中拿出了一把钻石剑。

“我们将我们所有的绿宝石都汇集到了一起，”她将剑递给我的时候说道，“就连村长都参加了。”

“……”

剑锋在太阳下闪着乳白色的亮光。它让我想到了阿莉兹，脆弱、典雅、高贵而且美丽，但同时它也好像足够坚强，能够忍受得了像我一样的小白（*也像阿莉兹一样*）。

“如果你曾有我忽略了你的感觉，我向你道歉，”我说，“我当时没想到会和洛拉在一起这么长时间，我一心想着……胜出。”

“这是我的错，”她说，“当我看到你们俩在一起的时候，我就控制不住自己。我太忌妒了。她那么有才华，在一个领域中远远超过了大部分村民。”

“你不也是吗？”

“不是。”

“你把这句话告诉所有那些和你交过手的怪物吧。”

她对我笑了，不过笑容很快就消失了。

“我要告诉你一个秘密。昨天，我差点儿……选择了箱子中除了剑之外的东西。”

“嗯？为什么？”

“有一段时间，我想过当一名农夫。”

“我不明白。”

“我已经厌倦战斗了，米牛。我一直以来都在战斗。我想要安静的生活。阳光，金黄色的麦田，工作台上新鲜面包的香气。”

“或许现在还不算太晚。或许村长能够让你重新选择一次。”

她摇摇头。

“就算我可以，我也不会这么做。只要战争一天不停止，我们永远都没有和平。而且，还有一个理由让我选择了剑。”

“是什么？”

“你。”

（好吧，好吧！我们这次互相牵手了！我承认！）

“好吧，来吧！”
几分钟后，她对我说。
“我们要错过派对了！我想要跳舞！”

星期五
更新二

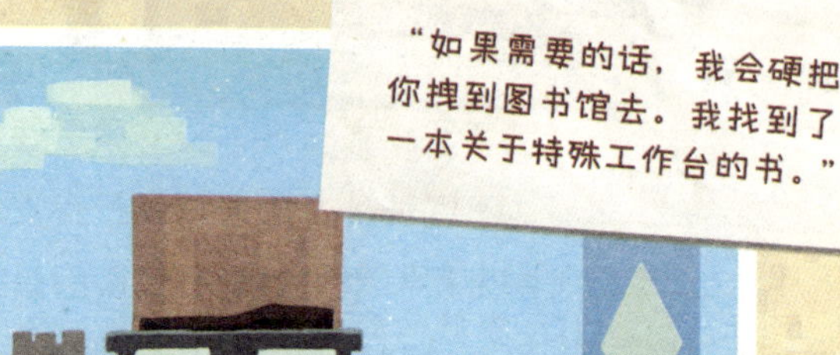

“你们学到了什么关于密室的东西吗？如果你们造出了一间，把我放进去吧。我会需要一种胆小鬼七级防护魔法！”

"我听说绿丽对那些比她等级高的男孩有好感，正好，科尔伯特是 21337 级了。"

"城墙上的守卫们报告说他们看到了一位村民在村外。他们的描述与老帅十分对应。我在想，他是不是很快就要来拜访我们了……"

“没错!!!!!我也是队长！主世界的地牢是我的了！”

“你是最棒的，奥菲利亚！我就知道你会成功的！”
“没有你们我是做不到的。现在，我们所有人都会来保卫村庄，以骄傲和荣誉之名！”

“干得好，村民们！我也训练了我的人！我们所有人会一起努力，战胜这个叫埃洛布雷因的小白蛋子！”

“事实上，我看到绿丽和阿莉兹，还有那个红石女孩一起走了。她们要去哪里？为什么我总是想着她呢?!”

这一次，我们终于可以享受一次真正的派对了。这一次，我们真的可以欢歌笑语，欢呼舞蹈了。我们也哭了，因为我们要和老师们，和教室，和无忧无虑的小白时光说再见了。现在我已经开始想念它们了。

阿莉兹拍了我的肩膀。她和洛拉、绿丽从理发店回来了。她穿着一件无袖长裙，她的头发闪耀着和洛拉一样的光彩。我听说过这家理发店，那是一个能让我们大变样的地方。那是人类建造起来的。我也得去一趟，因为我听说还可以在那

里将自己的武器和盔甲加上个性化设计。

如果我想要成为米牛77777大爷，
那我也应该有点儿范儿呀。

阿莉兹旋转了一圈。

“洛拉给我做的裙子。还有埃莉莎帮我弄的头发。”

“你脚上的是什么？”

“薄底浅口鞋。嗯……你觉得呢？”

“你太美了，”我说，“我收回我说过的所有关于人类的时装潮流的话……这里有好多东西都变了，不是吗？”

“对呀，我们的村庄变了……不过，这不一定是件坏事。”

“或许不是吧。”

然后，我才意识到她说了“我们的村庄”。她说得那么平淡，就好像她从小就住在这里。她抓住我的手，眼睛直直地看着我，我感觉到她终于真的是在自己家了。

“我们过去的做事方式正在消失，必须要接受它，面向未来。有了人类的帮助，我们可以赢得这场战争。不过，我们今天把这些都先放下吧，就只是为了今天？”

她的笑容光芒四射，
就像钻石剑那样。

“因为，今天，我们要跳舞！”

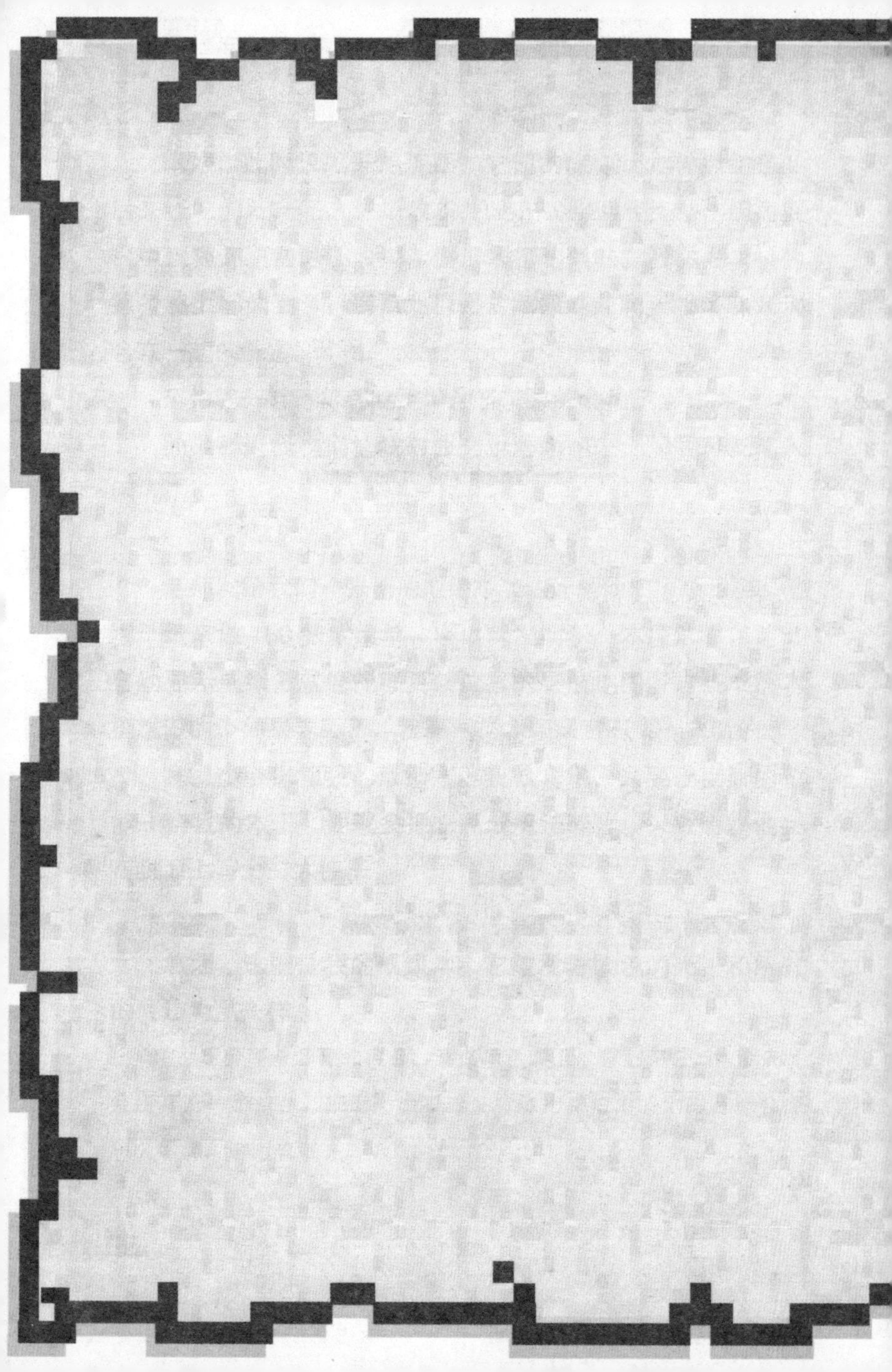